GYDA'N GILYDD

GYDA'N GILYDD

RHIAN SIÔN

sebra

Cyhoeddwyd yng Nghymru yn 2026 gan Sebra,
un o frandiau Atebol, Adeiladau'r Fagwyr, Llanfihangel
Genau'r Glyn, Aberystwyth, Ceredigion SY24 5AQ

ISBN : 978-1-835390-21-4

Llun clawr gan Catherine Davies
Dyluniwyd gan Tanwen Haf

Dymuna'r cyhoeddwr gydnabod cymorth ariannol Cyngor Llyfrau Cymru

Hollol ddychmygol yw pob cymeriad a phob sefyllfa a gaiff eu darlunio yn y nofel hon.

sebra.cymru

Argraffwyd yng Nghymru

FSC
www.fsc.org
CYMYSGEDD
Papur | Yn cefnogi coedwigaeth gyfrifol
FSC® C114687

Mae'r gyfrol yn cynnwys iaith gref a rhai themâu aeddfed a all beri gofid.

Diolchiadau

Diolch o galon i Gwennan Evans am weld y potensial yn fy syniadau ac am roi ei ffydd ynof fi o'r cychwyn cyntaf. Diolch hefyd am ei hamser, ei harweiniad a'i brwdfrydedd ar hyd y daith.

Diolch yn fawr iawn i Sebra am gytuno i gyhoeddi'r nofel, ac i Gyngor Llyfrau Cymru am eu cefnogaeth hael.

Diolch i Gwenno Gwilym a Mari Beard am eich sylwadau caredig a chalonogol.

Diolch o galon i'm teulu a'm ffrindiau am eich cefnogaeth barhaus, eich anogaeth a'ch amynedd drwy bob cam o'r daith. Ac i'm gŵr Euros a'n bechgyn annwyl – diolch am roi'r amser, y lle a'r cariad i mi allu ysgrifennu. Rydych chi'n werth y byd.

I bob mam sy'n gweld pethau'n anodd, ond sy'n parhau i garu'n ddwfn ac i sefyll yn gadarn. Mae'r llyfr hwn i chi.

Prolog:
Dwy flynedd yn ôl

ELINA

Dwi'm yn gwbod os mai gyt instinct dio, 'ta paranoia, ond ma 'na rwbath am y ffordd nath Gwyn ddod 'nôl i'r gegin i nôl ei ffôn cyn mynd i'r gawod yn gynharach heddiw yn 'y neud i'n anghyfforddus. O'dd o fatha bod o'n ofni 'mod i mynd i weld rwbath arno fo. Dwi 'di bod efo Gwyn ers deng mlynedd, a dwi ddim 'di poeni unwaith fod o'n anffyddlon, tan rŵan.

O'n i'n medru clywed sŵn y gawod a fo'n canu'r un gân mae o'n neud bob tro – 'Parklife' gan Blur mewn acen Cockney wael. A chofies i am yr holl adega mae o 'di gweithio'n hwyr yn ddiweddar, a'r holl adega mae o 'di bod yn mynd i'r *gym*. A chofies i mwya sydyn 'i fod o 'di cael cawod arall peth cynta bore 'ma cyn mynd i'w waith.

Dwi 'di bod yn chwilio am gliwa drwy'r dydd. Dio heb adael ei ffôn am eiliad. Oni bai am hynny, mae o wedi bod yn actio'n hollol normal. Os dio'n cuddio rwbath, mae o'n haeddu Oscar, achos 'swn i ddim yn medru cadw cyfrinach heb i unrhyw un fedru gweld 'mod i'n deud clwydda.

Mae'n hwyr rŵan, dwi 'di bod yn aros iddo fo fynd i gysgu er mwyn i mi fedru edrych drwy ei ffôn. Mae o wedi syrthio i gysgu o'r diwedd ond efo'i ffôn yn ei ddwylo yn erbyn ei frest, fel tasa fo'n rhoi cwtsh iddo. Typical. Dwi'n tynnu'r ffôn yn ofalus allan o'i ddwylo a rhoi'r *passcode* i fewn: 9-9-6-6-3-3. Dio'm yn ffwcin gweithio! Dwi'n trio eto, yn arafach. Ma'r bastard 'di newid o! O'n ni'n arfar deud pob dim wrth ein gilydd, o'n i'n gwbod pob *password* a phin number. Be dwi'n mynd i neud rŵan?

Mae'r ffôn yn gofyn i mi am Face ID! Dwi'n troi'r ffôn tuag ato fo ac mae'n goleuo ei wyneb llonydd. Mae 'nghalon i'n cyflymu. Ydw i rili isio darganfod y gwir fel hyn?

Shit! Mae o'n dechra aflonyddu. Dio ddim 'di gweithio! Mae'n rhaid i fi neud o rŵan, dwi 'di dod mor bell â hyn. Dwi'n tiltio'r ffôn ar yr ongl berffaith ac o'r diwedd mae o'n dad-gloi. Ma 'nghalon i'n rasio rŵan ac am ryw reswm, yn sydyn reit, dwi'n teimlo'n euog ofnadwy.

Dwi'n mynd mewn i'w negeseuon o. Does dim byd amlwg. Yna dwi'n gweld rhai gan 'Iestyn Mob'. 'Di Gwyn ddim yn nabod unrhyw un o'r enw Iestyn, hyd y gwn i. Dwi'n eu hagor yn betrusgar.

'Mor neis dy weld di heddi, o't ti'n edrych mor ffit, anfon lun i fi...'

Fedra i ddim edrych ar fwy. Mae'n amlwg oddi wrth y llunia gan bwy ma'r rhain, ac ma'n gwbl glir ei bod hi'n llawer mwy na chyd-weithwraig.

Pennod 1

ALYS

Dwi'n deffro i sŵn rhywun yn symud ar y landing.

'Daf? Daf?' dwi'n ceisio'i ddihuno fe, ond mae'n cysgu mor drwm, dwi'n gwybod na fydd hynny'n bosib. Mae'n 3:22 y bore. Dwi'n codi, dal yn hanner cysgu, a gallaf glywed fy mhwls yn fy nghlustiau. Dwi'n agor drws y stafell yn araf.

'CADI!!!' Sut ddiawl? Rhywsut mae hi wedi dringo mas o'i chot ac mae'n cropian yn frawychus o agos at dop y stâr. 'Cadi, be ti'n neud?' Dwi'n rhuthro tuag ati a'i chodi yn fy mreichiau jest mewn pryd. 'Sut ddest ti mas?' Sut 'nes i ddim ei chlywed hi?

Dwi'n crynu ac yn teimlo'n dost. Mae ei sach gysgu streipiog pinc a gwyn mewn pentwr yn y cot. Mae'n edrych arna i gyda'i llygaid mawr glas. Petawn i wedi bod ddeg eiliad yn hwyrach bydde hi... dwi ddim isie meddwl am y peth. Typical Daf. Dwi 'di bod yn gofyn iddo fe i baby-prŵffio'r tŷ ers wythnosau, a nawr bod Cadi'n cropian – ac mae'n debyg ei bod hi'n gallu dringo ac abseilio mas o'i chot 'fyd fel ryw fath o James Bond – sdim hyd yn oed gât ar dop y stâr! Ond mae byw 'da Daf fel byw 'da sombi'n ddiweddar, a dyw'r tabledi ddim i'w weld yn neud unrhyw wahaniaeth.

'Iawn, Cadi fach, 'nôl â ti mewn i'r gwely, mae'n amser cysgu.' Dwi'n ei rhoi hi i lawr yn y cot ond mae'n sgrechen llefen. Wrth gwrs ei bod hi. Mae hi fel diwedd y byd pan dyw hi ddim yn cael ei ffordd.

'NAAAAAAA!' Mae'n sgrechen eto – mae hi 'di dysgu'r gair 'na'n frawychus o ifanc.

'Sh, Cadi, mae'n iawn, amser cysgu, sh, sh...'

Dyw hi ddim yn stopio llefen. Alla i ddim godde'r sŵn 'ma! A sut mae Daf yn cysgu drwyddo fe? Dwi'n mynd 'nôl i'r gwaith ddydd Llun – sut yn y byd dwi'n mynd i ymdopi 'da hyn?

Dwi'n teimlo fy llygaid yn llosgi. Do'n i byth yn meddwl y bydde diffyg cwsg yn fy mwrw mor galed. Pan o'n i'n y brifysgol ro'n i'n gallu aros lan drwy'r nos yn sgwennu traethodau neu'n adolygu, a chyn i fi fynd ar gyfnod mamolaeth bydden i'n aros lan tan oriau mân y bore bob haf yn sgwennu adroddiadau, a doeddwn i ddim yn flinedig fel hyn.

Dwi'n ei chodi a dwi'n canu, ei bownsio a suo, a thrio pob tric sydd weithie'n gweithio, ond sdim byd yn gweithio heno. Dwi'n dechrau neud caneuon lan:

'Seren ddisglair yn y nen,
Dadi'n chwyrnu nerth ei ben...'

Dwi'n eitha impresd gyda fy sgiliau creadigol amser 'ma o'r nos ac yn teimlo fyrmyn yn well ar ôl cael dìg bach slei ar Daf.

Dwi'n gorwedd ar y llawr yn syllu ar y nenfwd ac yn gadael iddi lefen. Maen nhw'n dweud i neud hyn, yn dy'n nhw... neu ydyn nhw? Dwi mor conffiwsd gyda'r holl gyngor 'ma sy'n cael ei daflu ata i o bob cyfeiriad, sdim syniad 'da fi be sy'n iawn a be sy ddim rhagor. Licen i allu gofyn i Mam, bydde hi'n gwybod beth i'w neud. Dwi'n anghofio weithie nad yw hi ar ben arall y ffôn.

Mae Cadi wedi ymdawelu. Dwi ddim am fentro mynd 'nôl i fy ngwely fy hun, rhag ofn ei bod hi'n trio crwydro eto. Mae hi'n 5:00 erbyn hyn.

Dwi'n mynd i nôl gobennydd o'r gwely lle mae Daf yn dal i gysgu'n sownd. Mae ei chwyrnu'n sicr wedi gwaethygu ers i ni gael Cadi. O leia mae hi'n dawel yma.

Dwi'n sgrolio fy ffôn cyn mynd i gysgu. Dwi'n sylwi ar y *suggested friends*: merch o'r ysgol o'dd yn gas i fi o hyd, flynydde'n ôl; rhywun dwi ddim yn nabod ond ma 'da ni *mutual friend*. Dwi ddim yn siŵr os dwi'n ei nabod hi, dyw hi ddim yn edrych ar y camera. Mae hi'n plygu i lawr wrth roi sws i dop pen babi ac mae ei gwallt yn hongian dros ei hwyneb. Mae ei henw hyd yn oed yn enigmatig: E. A. Parry. Dwi'n clicio ar ei phroffil hi er mwyn busnesa, ond mae'n breifat.

Mae 45 o bobl 'di hoffi fy mhost dwetha o luniau pert a bodlon ohona i a Cadi'n y parc, gyda'r capsiwn:

'Wythnos olaf o'm cyfnod mamolaeth bron â dod i ben. Bydda i'n gweld isie'r babi perffaith yma pan dwi'n mynd 'nôl i'r gwaith. Diolch am y naw mis hapusaf erioed'.

Petawn i'n hollol onest bydde'r capsiwn yn dweud:

'Wythnos olaf o'm cyfnod mamolaeth bron â dod i ben. Dwi mor *anxious* i fynd 'nôl i'r gwaith ac i roi Cadi yn nwylo pobl ddierth, ond ar yr un pryd dwi'n edrych mlân at gael brêc. Dwi ddim yn nabod fy hun rhagor, dyma oedd naw mis mwya heriol fy mywyd.'

Sgwn i faint o *likes* bydde hwnna wedi'i gael?

Dwi'n cau fy llygaid, yn gobeithio dal tamed bach o gwsg cyn iddi ddeffro eto. Bydd yn rhaid i ni godi ochrau'r cot erbyn nos fory, mae'n siŵr bod 'na seting arall ar gyfer babis hŷn... rhywbeth arall dwi wedi'i fethu, yn amlwg.

ELINA

MABON! Lle mae o? Ydi o'n iawn? Mabon? Diolch i Dduw, mae o'n iawn. Hunlle chwyslyd arall. Fflipin hormons. Ma genna i gymaint o ofn fod rwbath yn mynd i ddigwydd iddo fo a finna wedi aros mor hir i'w gael o. Ond hefyd ma'n teimlo fatha'i fod o 'di bod yma erioed. Faint o'r gloch 'di? 3:26 a.m. Fydd o'n siŵr o ddeffro mewn munud am ei *feed* o, ma 'mronna i jest â ffrwydro.

Mae o'n agor ei lygaid bach perffaith, dio'm yn gneud sŵn, mae o mor *chilled*, dwi mor, mor lwcus. 'Haia, babi, ti isio llaeth? Wyt? Ty'd yma.' Dwi'n sbio arno fo, ac er bo hi'n dywyll, fedra i weld ei lygaid yn disgleirio a'i drwyn bach smwt, ac yn cael teimlad reit *empowering*. Dwi'n ei gael o reit aml fatha mam sengl, jest fi a fo yn erbyn y byd.

Mae o'n sugno'n braf ac yn mynd amdani! Teimlad andros o neis, ma'n anodd ei roi mewn geiria, ond rwbath yn debyg i ryddhad dwfn sy'n sugno'r tensiwn allan o'r frest. Fatha agor ffenast mewn stafell boeth neu yfad dŵr oer ar ôl oriau o syched. Dwi mor falch bod o wedi cymryd at y fron yn y pen draw, o'dd y dyddia cynnar na'n anodd, o'n i jest â rhoi'r gora. Mae o'n dechra arafu rŵan, mae o'n dechra cysgu.

Ond dwi'n hollol effro a dwi'n sgrolio fy ffôn. Dwi'm yn gwbod pam, sna'm byd diddorol yn digwydd ar y *socials*, yn enwedig yr adeg yma o'r nos. Dwi'n gweld post gan ddynas hynod o dal, tenau a phrydferth yn posio mewn llunia hyfryd a *glamorous* yn Milan, sy'n gneud i mi deimlo hyd yn oed yn fwy ymwybodol o 'nghorff *postpartum*. Sut ma rhieni sengl yn mynd ar wylia? Ma'n teimlo fatha bod y bennod yna o 'mywyd i o fedru gneud be dwi isio, pryd bynnag dwi isio, drosodd am byth, ac ma hynny'n neud i fi deimlo braidd yn drist.

Dwi'n parhau i sgrolio. Be 'di hyn? Pam bod ei hwyneb hi ar fy ffôn i? O'n i'n meddwl 'mod i 'di blocio hi? A fo.

Sara Ffycin Mai! Ma'r ddau'n edrych mor smyg yn y llun, sy'n amlwg yn rhan o *photo shoot* proffesiynol. Mae o'n sefyll tu ôl iddi efo'i freichia o gwmpas ei chanol, jest o dan ei bronna llawn, crwn, perffaith sy'n edrych fatha dwy gneuen goco efo'r holl *fake tan*! Ma nhw'n sefyll mewn rhyw fath o goedwig neu goedlan ac ma'r haul yn hidlo drwy'r brigau. Mae o'n gwisgo crys *check* dros ei grys T gwyn (mae o wedi newid ei steil, yn amlwg) ac ma hi mewn rhyw ffrog fach wen, *floaty*, yn droednoeth a'i gwallt gola hir a thonnog yn ymestyn dros ei sgwydda. Ma hi'n edrych fatha'i bod yn mynd am ryw *vibe boho* neu angylaidd hyd yn oed – yr eironi! Ma'r ddau'n edrych yn syth i'r camera, fel tasen nhw'n edrych yn syth i fyw fy llygaid i. Be ddiawl?

'Mae'r cyflwynydd Sara Mai a'i phartner Gwyn Ross yn mynd i serennu mewn rhaglen realiti newydd sbon sy'n dilyn eu taith fel rhieni newydd: *O'r Groth i'r Crud*.'

BE?

Ma 'na boen wag yn 'y mrest i, fel petai'n paratoi am ergyd. Ma nhw'n cael babi. Ar ôl popeth aethon ni drwyddo. Ar ôl popeth es i drwyddo.

Pam 'mod i mor flin am y peth? Dwi'n hapus, dwi mor blydi hapus, ma bywyd yn well hebddo fo, ond...

Dwi'n rhoi'r ffôn i lawr, dwi ddim isio gweld ei hwyneb hi byth eto. Smyg bitsh.

Ar ôl i fi ddarganfod y negeseuon ar ei ffôn o ddwy flynedd yn ôl ac i'r gwir ddod allan amdano fo a Sara Mai, o'dd 'y mhen i dros y lle i gyd, do'n i ddim yn gwbod be i feddwl na sut i deimlo. O'n i'n hollol *numb*. Ond dwi'n cofio iddo fo wawrio arna i mwya sydyn – be os na fydda i fyth yn fam? A dyna nath i mi grio. Nid y twyll, nid y syniad ohonyn nhw efo'i gilydd, nid y clwydda – mi ddoth y dagra yna'n hwyrach – ond yr eiliad honno, yr hyn nath fy nharo a 'nghicio i'n y stumog oedd yr ofn 'i fod o 'di cipio 'nghyfla ola i i gael plant. A dyna pam dwi mor falch fod yr IVF wedi gweithio a bo fi wedi cael Mabon. Dyna'r oll o'n i isio.

Mae o'n gorffan bwydo'n llwyr a dwi'n ei roi i lawr yn ddiogel wrth fy ymyl. Dwi'n dechra crio. Dwi methu stopio, cyfuniad anffodus o hormons, blinder, a jest teimlad rili cryf o anghyfiawnder. Dwi'n crio dros y ddynas o'n i ddwy flynedd yn ôl pan oedd o wedi ffwcio i ffwrdd, a finna'n fy nhridegau hwyr ac wedi aros am flynyddoedd iddo fo fod yn barod i drio am blant. Ond yn cael dim byd ond addewidion wedi'u torri. Dwi'n crio dros y ddynas o'n i bum mlynedd yn ôl pan o'n i'n ysu am fabi, ond 'un diwrnod, dwi'n gaddo' fysa fo'n 'i ddeud o hyd... ac yna mi ddes i ddallt pam. O'dd o'n cael ffwl-on affêr a do'n i ddim callach, ac er bod lôds o bobl yn gwbod, nath 'na neb ddeud wrtha i. O'n i wir yn meddwl bo Gwyn a fi'n mynd i briodi a bod o'n fy ngharu i a bo fi'n ei garu o. Fues i mor wirion 'mod i ddim 'di dallt yn gynt be o'dd yn mynd ymlaen.

Dwi'n sbio eto ar Mabon, a'i fol bach cynnes llawn llefrith, a'i ddwylo bach, bach, a dwi'n atgoffa fy hun bo popeth yn digwydd am reswm, a bo genna i fy mêt bach i am byth. Mi wna i ei fagu o i fod yn ddyn da a gonest sy'n trin merched efo parch.

SAFFI

Mae'n 3:30 y bore! Dylen i rili mynd i gysgu, ond mae'r dyn golygus yma'n noeth yn fy ngwely a dwi jest isie edrych arno fe drwy'r nos. Daeth e lan ata i yng Nghlwb y Lleuad, mor hyderus, mor *sexy*. O'n i mas 'da'n chwaer ac o'n ni ar fin mynd adre. Do'n i ddim yn chwilio am ddyn o gwbl, dwi'n hoffi fy rhyddid. Dwi'n mwynhau gallu cadw fy nillad ar lawr fy stafell a pheidio gorfod rhannu'r *duvet*. Ond mae Rhod yn gwneud i fi deimlo fel bod tân gwyllt yn tanio drwy fy nghorff.

Dwi ddim yn aml yn cael lot o sylw gan ddynion ar *nights out*. Dwi'n dal ac maen nhw ychydig yn *intimidated* ohona i, dwi'n meddwl. Pan dwi'n gwisgo sodlau dwi bron yn chwe troedfedd, ac yn dalach na lot o ddynion, ond dwi ddim yn gadael i hynny fy stopio rhag eu gwisgo bob tro dwi'n mynd mas. Pan dwi'n cerdded mewn i glwb, mae pobl yn troi eu pennau, a dwi'n hoffi hynny, ond maen nhw'n rhy ofnus i ddod i siarad 'da fi.

Ond mae Rhod yn wahanol, yn hyderus ond heb fod yn *cocky*, gyda'r edrychiad 'na fel petai'n gallu gweld trwy dy ddillad. Ac mae e mor ffit! Mae'n edrych fel ei fod e'n mynd i'r *gym*. Dwi'n gallu gweld siâp cyhyrog ei freichiau wrth fy ochr a dwi'n ysu i ddeffro fe am *round 2*...

Doedd e ddim yn sylweddoli 'mod i'n siarad Cymraeg, ond pan ofynnodd e, 'Can I buy you a drink?' o'n i'n gallu dweud wrth ei acen yn syth mai Gog o'dd e. Mae pobl yn aml yn synnu pan maen nhw'n sylweddoli 'mod i'n siarad Cymraeg, oherwydd lliw fy nghroen. Dwi'n cael pobl yn dweud, 'Ond ti ddim yn edrych fel bo ti'n siarad Cymraeg', neu maen nhw'n siarad yn araf achos eu bod nhw'n meddwl bo fi'n dysgu ar

Duolingo. Doedd Rhod ddim fel'na, doedd dim sioc, dim amheuaeth jest:

'Ti'n rili *gorgeous*, ti'n edrych fatha model,' gyda gwên berffaith. Falle ei fod e'n dweud hynny wrth bob merch, ond o'dd y ffordd nath e ddweud e yn swnio mor onest – fel taw fi o'dd yr unig ferch yn y lle i gyd.

Sylwes i'n syth bod e'n dalach na fi, hyd yn oed yn fy sodlau Louboutin.

'Dwi *yn* fodel! Wel... sort of...' ddwedes i gan ddangos fy mhroffil Instagram ar fy ffôn iddo fe.

'Neis! Ti 'di bod yn Milan? Fy hoff ddinas erioed – dwi wrth fy modd efo'r dillad, y bwyd a'r *vibe*!' Nath hynny neud e hyd yn oed yn fwy deniadol i fi. Yna gofynnodd e, 'Ga i brynu diod i chdi, Saffi Akintola?' O'n i'n meddwl bod e'n cŵl y ffordd o'dd e'n cyfeirio ata i wrth fy enw llawn gan ynganu 'Akintola' yn berffaith, a does neb yn galw Naomi Campbell yn Naomi, na Kate Moss yn Kate.

Fe adawon ni'r clwb yn gynnar, a dwi ddim fel arfer yn dod â dynion 'nôl i'r fflat ond roedd y tyndra'n ormod. Yn lwcus, o'dd 'da fi *photo shoot* bore ddoe ar gyfer bicinis rhyw frand newydd, ac o'n nhw'n talu fi'n dda i'w hysbysebu, felly ro'n i'n *waxed* ac yn barod. Ac fel mae'n digwydd, ro'n i wedi tacluso fy stafell wely hefyd.

O'dd e'n sicr yn gwybod beth o'dd e'n neud. A dwi ddim yn sôn am ryw araf a romantic fel sydd mewn ffilmiau romcom – roedd hyn fel ffrwydrad solar. Ro'dd pob cyffyrddiad yn danllyd, pob anadl fel addewid ac o'dd ei geg a'i dafod ym mhobman. O'dd e fel petai'n addoli fy nghorff, a finnau'r un peth iddo fe. Doedden ni'n methu cael digon o'n gilydd. Dwi ddim wedi cael *chemistry* fel'na 'da unrhyw un ers amser hir... os nad erioed.

Bydd fy *housemates* i mor jelys pan fyddan nhw'n ei weld e'n dod mas o'n stafell i'n y bore.

Shit! Dwi 'di addo cwrdd ag Alys fory – 'nes i anghofio'n llwyr. Dwi wir yn gobeithio neith hi ganslo!

Pennod 2

ALYS

Mae'r haul cryf yn llifo mewn trwy'r bwlch bach yn llenni stafell Cadi ac yn dod â'r stafell *apple green* yn fyw fel gardd yn y gwanwyn. Ddewison ni'r lliw yma gan y bydde'n gweddu i ferch neu fachgen. Naethon ni ddim ffeindio mas beth o'n ni'n gael, o'n ni isie syrpréis. Dwi'n cofio Daf a fi'n peintio'r stafell 'ma gyda'n gilydd yn llawn cyffro, do'n ni ddim yn gallu aros i gwrdd â'r babi bach newydd. 'Nes i brynu wardrob yn llawn dillad niwtral, gormod a dweud y gwir, a phentwr o'r hangyrs dillad lleia dwi 'di eu gweld erioed.

Dwi'n cofio treulio gymaint o amser yn y stafell 'ma'n cael popeth yn berffaith, yn hongian dillad a rhoi'r napis a'r elïoedd amrywiol yn daclus mewn blychau prydferth. Dwi'n cofio mynd i brynu'r cot lliw pin yma, a'r bwrdd newid sy'n matsio, o John Lewis yng nghanol y ddinas. Dwi'n cofio wyneb Daf pan ddewises i bram hynod o ddrud, ond naethon ni ei brynu ta beth. Roedd babi ein dychymyg yn un a fydde'n cysgu drwy'r nos a braidd byth yn crio. Do'dd dim syniad 'da ni beth o'dd o'n blaenau.

Mae Cadi'n dal i gysgu. Mae fy nghefn i'n lladd.

'Beth wyt ti'n neud fan 'yn?' Mae Daf yn sefyll yn y drws. Mae e'n edrych wedi blino er iddo gael noson dda o gwsg. Mae e wastad wedi blino dyddie 'ma. Mae Cadi'n dechrau deffro ar ôl clywed sŵn ei lais.

'Ma Cadi 'di dysgu dadwisgo, dringo a chropian dros nos.'

'Beth?'

''Nes i 'i ffeindio hi ar dop y stâr jest mewn pryd! Ma rili isie i ni...'

'O Iesu!' Mae'n rhwbio ei wyneb gyda'i ddwylo, achos mae'n gwybod 'mod i wedi gofyn iddo ganwaith i baby-prŵffio'r tŷ. 'Dwi'n gwbod, wna i sortio fe'n syth ar ôl gwaith, iawn?'

Dwi'n mynd i wisgo'n gyflym; crys T streipiog gyda fy jîns mamolaeth. Maen nhw'n rhy gyfforddus. Dwi'n rhoi fy ngwallt coch mewn bynsen lac a blêr. Dwi'n codi Cadi mas o'r cot a'i gwisgo hi hefyd. Mae hyn bellach fel chwaraeon Olympaidd – sydd ddim yn helpu 'nghefn i o gwbl.

Dwi mor flinedig ond dwi'n benderfynol o fynd i'r cyfarfod grŵp Mami a Babi ola heddi, dwi 'di colli gymaint ohonyn nhw, a dwi isie mynd 'nôl i'r gwaith yn gwybod 'mod i wedi neud y mwya o f'amser i ar famolaeth.

Dwi 'di trefnu i gwrdd â Saffi ar ôl 'ny, 'fyd. Dwi heb ei gweld hi ers oes a dwi ddim isie gorfod canslo arni eto. Y tro dwetha o'n ni fod i gwrdd, o'dd Cadi 'di bod lan drwy'r nos yn torri dannedd, ac felly 'nes i anfon neges ati yn dweud 'mod i'n flin bo ni methu dod a nath hi ddim ymateb am ddiwrnode. Ro'n i'n teimlo mor euog, dwi ddim isie ei gadael hi lawr eto.

'Amser brecwast!' dwi'n dweud gyda llawenydd ffug.

Dwi'n rhoi Cadi i eistedd yn ei bownser a rhoi'r teledu mlân iddi. Mae'n ffordd dda o ddal ei sylw am ychydig. *Pili Pala* yw ei hoff raglen.

Dwi'n mynd i'r gegin yn gyflym i neud uwd iddi ac alla i glywed lleisiau'r cyflwynwyr. Rhaid mai *repeat* yw hwn achos dyw Gwyn Ross a Sara Mai heb fod arno ers sbel, ac ma hi'n gwisgo *skinny jeans*, sy wir ddim *on-trend* dyddie 'ma, mae'n debyg, er dwi'n dal i'w gwisgo nhw bob dydd. Maen nhw mor *annoying*, yn enwedig Sara Mai. Mae'n amlwg mai ei phrydferthwch gath y swydd iddi ac nid ei thalent.

'Helô, blant Cymru, shwt mae heddi?' dwi'n clywed Sara Mai yn dweud yn ei llais gwichlyd.

Dwi'n clywed sŵn rhywbeth yn chwalu.

'Beth nawr?'

Dwi'n rhedeg mas o'r gegin i'r stafell fyw. Dyw Cadi ddim yna. Mae fy asennau'n teimlo'n rhy fach i f'ysgyfaint i. Dwi'n agor drws fy swyddfa, sydd fel arfer ar gau. Pwy nath adael e ar agor? Rhaid taw Daf nath! Mae'n llawn o wifrau trydanol, papurau pwysig a phethe bregus...

'Oh my GOD!' dwi'n sgrechen. Mae hi wedi bwrw llwch Mam i lawr o'r silff ac mae'r pot 'di torri ac mae hi'n chwarae'n y llwch fel petai hi mewn *messy play*. Mae e dros ei dillad, ar ei hwyneb ac yn ei gwallt, ac mae'n eistedd yng nghanol y llanast yn gwbl ddiniwed, yn edrych arna i fel petai menyn ddim yn toddi yn ei cheg.

Dwi'n ei chodi ac mae'r llwch yn glynu i fy nghroen. Mae'r arogl llosg sydd arno'n fy nharo a dwi'n teimlo'r cyfog yn codi cyn i fi allu meddwl.

Dwi'n rhedeg at y sinc. Dwi'n chwydu'n wag.

Dwi'n strapio Cadi i mewn i'r gadair uchel. Alla i ddim wynebu mynd 'nôl at yr olygfa. Dwi ddim yn gallu edrych. Dwi ddim yn gwybod ble i roi fy llygaid na 'nwylo. Dwi ddim yn gwybod beth i'w neud.

Mae Cadi'n edrych yn ofnus. Galle hi 'di cael dolur ofnadwy – 'di cwmpo ar ei phen, neu wedi tynnu gwifren a chael sioc drydanol, neu wedi dringo lan y stâr a chwmpo i lawr. Dwi mor grac. Dwi'n grac gyda hi, dwi'n grac gyda Daf a dwi'n grac gyda'r byd.

Mae'n teimlo fel ei fod e wedi ei neud e'n fwriadol, er bod hynny'n swnio'n hollol afresymol. Dyw hi ddim yn deg fod Daf fel hyn, yn isel ei ysbryd, pan dwi angen help, a *fi* yw'r un sydd newydd golli mam. *Fi* yw'r un ddyle fod yn gorwedd yn y gwely am ddiwrnode ar y tro ac yn cerdded o gwmpas y tŷ gyda fy meddwl yn bell, nid fe.

'PAM NA ALLI DI FOD FEL BABIS ERAILL?' dwi'n gweiddi arni. 'PAM BO TI MOR ANODD?' Mae'n dechrau llefen. Dwi'n gwybod na ddylwn i weiddi arni ond dwi'n teimlo fel bo fi'n mynd i ffrwydro. Dwi'n codi plât sydd wrth ymyl y sinc ac mae'n cymryd pob nerth a phob tamed o'm henaid i fi beidio â'i thaflu at y wal.

'Alys? Be sy'n digwydd?' Mae Daf yn brysio i mewn.

Dwi isie sgrechen arno fe hefyd, ond dwi'n llanast o emosiynau, a dyw'r geiriau ddim gyda fi. Yna mae Daf yn gweld y golwg sydd ar Cadi ac yn sylweddoli. Mae'n dod yn agos ac yn cymryd y plât o fy llaw a'i rhoi i lawr ac fy nal yn dynn. Dwi'n ildio i'r cysur, a dwi'n dechrau llefen ar ei ysgwydd.

'Mae'n iawn, cariad, bydd popeth yn ocê,' mae'n dweud yn annwyl, ond mae'r dicter yn dal i ferwi dan fy nghroen a dwi isie gweiddi arno fe hefyd. Dwi isie dweud wrtho fe mai ei fai e yw hyn, dwi angen mwy o help ganddo fe a dwi angen iddo fe wynebu'r realiti o fod yn dad a neud pethe heb i mi orfod gofyn. Ond dwi'n llwyddo i ddal 'nôl.

'Cer di i sortio'r stafell, af i i roi bath i Cadi. Mi wna i ffonio'r bòs i weld os galla i gymryd y bore bant, ac fe wna i baby-prŵffio pob twll a chornel.'

Mae'r ffaith ei fod e'n cynnig helpu yn neud i mi deimlo ychydig yn well, a dwi'n gweld cipolwg o'r *hen* Daf, sydd â bach o wmff. Mae Cadi'n tawelu 'fyd.

Dwi'n mynd i'r swyddfa, ac er bod yr holl olygfa'n troi arna i, dwi'n neud beth dwi'n gallu er mwyn ceisio adfer yr hyn alla i o weddillion Mam. Dwi 'di gorfod cario mlân gyda fy mywyd i, 'di gorfod codi bob dydd a gwisgo mwgwd er mwyn gallu bwydo, newid, canu a chwarae 'Dyma Fi' gyda Cadi. Ond dwi'n hiraethu amdani gymaint.

Alla i glywed lleisie Cadi a Daf yn y stafell folchi. Ma hi'n sblasio'n hapus, a dwi'n teimlo'n ddiolchgar am fy ngŵr am y tro cynta ers misoedd.

ELINA

Fysa'n braf cael gwisgo rwbath ond am dyngarîs heddiw, ond dyna'r unig beth dwi'n teimlo'n gyfforddus yn bwydo ynddyn nhw. Ma gen i bâr o'r un brand ym mhob lliw – brand cynaliadwy, ma gas genna i *fast fashion*. Rhai gwyrdd a phinc leopard print dwi am 'u gwisgo heddiw. Gwallt hanner fyny, hanner lawr. Dwi isio edrych yn ddiddorol, bach yn ffynci. Bydd y rhan fwya o'r mamau erill yn iau na fi, ma'n siŵr.

Tybed fydd 'na famau neis yno heddiw? Ma mwyafrif o'm ffrindia i efo plant chydig hŷn ac ymhell allan o'r *newborn stage*, neu dydan nhw ddim isio plant o gwbl. Ac wrth gwrs, o'dd rhaid i fi dorri lot o'm ffrindia i allan ar ôl yr affêr, gan bo nhw'n gwbod ac yn cadw hynny oddi wrtha i. Fedra i gyfri ar un llaw faint o bobl sgenna i'n 'y mywyd i ar y funud, rhai dwi acshyli'n ymddiried ynddyn nhw. Felly, dwi rili isio cyfarfod â mamau erill sy'n yr un cwch â fi.

Dwi'n rhoi chydig o golur ar 'y ngwyneb am y tro cynta ers i Mabon ddod ar y sin. Ma'n neud i fi deimlo'n well. Edrych yn *good, all things considered*!

Mae braidd yn gynnar i adael y tŷ felly dwi'n mynd i fwydo Mabon ar y soffa. Dwi isio gwylio *daytime TV*, dwi heb wylio *Good Day* ers oes, dyna be ma mamau ar famolaeth fod i neud, yndê? Ma 'na rwbath cyfarwydd a chysurus am y cyflwynwyr, ma nhw'n hwyliog ac yn sôn am gi yn gneud tricia.

Mae'r pwnc yn newid rŵan i sôn am secs i bobl dros 60 oed a sut i gadw'r fflam rywiol yn fyw yn eich perthynas os dach chi'n bensiynwr, ac er 'mod i'n gredwr cryf fod pob oedolyn yn haeddu mwynhau rhyw, dwi rili ddim yn y mŵd i hyn heddiw, yn enwedig gan bo secs ddim ar y cardia i fi'n y dyfodol agos. Dwi'n newid y sianel.

Oh my God, ffyc off! Sara ffycin Mai eto. Dwy waith mewn diwrnod. Dwi isio newid y sianel eto, ond dwi'n methu. Ma'r ddau'n gwenu ac yn gor-berfformio wrth ganu 'Mae pawb yn hapus ac yn ffrindiau...'

Mae rhan hunanddinistriol ohona i isio teimlo'r boen wrth edrych arno fo efo hi. Mi gafodd hwn ei ffilmio pan o'n i efo fo, ma rhaid, ac o'n nhw *probably* yn cysgu efo'i gilydd. Wedyn byse fo'n dod adra ata i a deud bod o ddim yn barod i briodi na chael plant eto, ond 'bydd y dydd yn dod, dwi'n addo.'

'Mae'n bwysig bod yn garedig,
parchu pawb yn y byd...
Mae'n bwysig bod yn garedig,
a bod yn driw o hyd...'

Pam yn y byd 'nes i goelio fo mor hir? Ma'r tyndra 'na'n fy stumog i'n ôl eto, yr un teimlad o'dd genna i am fisoedd pan ddoth y gyfrinach allan. Dwi'n diffodd y teledu.

Dwi'n cymryd anadl ddofn, codi, gwisgo fy nhreinyrs pinc newydd a siaced ddenim, a rhoi Mabon yn y sling.

'Ty'd Mabon, 'dan ni mynd i weld babis erill ac yna 'dan ni mynd i gyfarfod dy dad.'

Pennod 3

ALYS

Er ’mod i ddim yn y mŵd o gwbl i adael y tŷ wedi’r hyn ddigwyddodd bore ’ma, mae’r awyr iach yn teimlo’n dda ac yn helpu i gael gwared o arogl y llwch sy’n dal i lingro o ’nghwmpas i. Dwi’n joio amser ’ma o’r flwyddyn, pan mae’r gwanwyn ar fin dod. Mae’r awyr yn glir, fel paent glas wedi’i gymysgu â phinc ysgafn, a’r heulwen yn llifo drwy’r canghennau gan daflu patrymau cysgod dros y llwybre concrit. Mae hi bron yn rhy dwym i wisgo cot heddi ac mae blagur bach gwyrdd yn gwthio drwy’r pridd o gwmpas neuadd yr eglwys. Rhyfedd sut mae pethe bach y byd mor chwilfrydig a phenderfynol.

Dwi’n teimlo’r cochni’n llifo i fy wyneb wrth gerdded i mewn yn hwyr ac eistedd i lawr yn y cylch, fel petai pawb yn gallu gweld label ar fy nhalcen: ‘mam wael ac anrhefnus’. Serch hynny, dwi’n falch ’mod i wedi dod, mae dod i’r sesiynau ’ma’n helpu fi i deimlo rhyw fath o normalrwydd.

Mae’r neuadd yn arogli o loriau pren, gwres canolog, plastig a *babywipes*. Mae’r babis i gyd yn amrywio o ran oed; mae rhai ohonynt prin yn agor eu llygaid, ond mae’r mwyafrif yn eistedd i fyny, yn clapio ac yn gwenu, ac mae’r mamau brwdfrydig yn edrych i lawr arnyn nhw gyda wynebe llawn cariad wrth iddyn nhw geisio cydganu.

Ar ochr arall y cylch mae 'na dad yn plygu mlân, dwylo'n barod i ddal ei ferch fach sy'n sigledig ar ei thraed. Alla i ddim dychmygu Daf yn dod yma o gwbl. Mae 'na un fam-gu 'ma 'fyd, a dwi'n cymryd anadl ddofn er mwyn cael gwared o'r atgof o bore 'ma. Drws nesa iddi mae 'na fam arall yn suo'n ysgafn, wedi ei swyno gan y tynerwch sydd rhyngddi a'i phlentyn.

Dwi'n cael yr hen deimlad cyfarwydd yna o fod ar y tu fas yn edrych fewn.

Mae'r fam drws nesa i fi'n newydd, mae'n edrych yn cŵl a cwyrci. Dwi'n dwli ar ei dyngarîs. 'Sen i'n lico cael yr hyder i wisgo dillad fel'na...

Dwi'n siŵr taw'r actores o'r opera sebon *Y Dociau* yw hi. O'dd Mam yn dwli ar y rhaglen 'na. Ro'n i'n ei gwylio hi 'da hi bob nos cyn mynd i'r gwely pan o'n i'n blentyn. Do'dd dad ddim yna wrth gwrs a dwi'n gwybod nawr lle'r o'dd e. Roedd rhywbeth cysurus am y nosweithie yna 'da Mam, ni'n dwy o dan flanced yn gwylio rhaglen o'dd yn teimlo'n fwy addas ar gyfer oedolion. Sai'n gwylio'r rhaglen yn iawn nawr, ond o'dd Mam yn dal i'w mwynhau tan iddi farw. Ro'dd yn gysur iddi, yn enwedig pan o'dd hi'n sâl, ac weithie bydden i'n gwylio ambell rifyn gyda hi. Mae cymeriad yr actores yma wedi bod yn y rhaglen ers sawl blwyddyn, ac yn rhan annatod o'r cast erbyn hyn.

Mae hi'n gwenu arna i, falle 'mod i wedi bod yn syllu arni'n rhy hir.

'Haia,' mae'n sibrwd.

'Haia,' dwi'n ateb, fy ngwên yn rhy lydan a fy wyneb yn boeth.

Mae Cadi'n dechrau aflonyddu. Dwi'n gobeithio geith hi ddim tantrym arall, dwi'n teimlo cymaint o gywilydd pan mae hi'n tarfu ar y sesiwn fel hyn. Sgwn i be sy'n bod arni nawr? Dwi'n ei chymryd mas o'r cylch er mwyn osgoi denu sylw, ac yn aros ar y cyrion yn gwylio'r mamau eraill a'r babis yn joio amser stori. Mae amser te a thost yn dod wedyn, diolch byth.

'Dyma ti, blodyn, te a thost i ti a diod a bisged i Cadi. A shwt y'ch chi'ch dwy fach heddi, 'te?' mae Mair yn gofyn gyda'i llygaid yn gwenu, a dwi'n teimlo fel plentyn 'to. 'Se cwtsh yn berson bydde fe'n edrych fel Mair. Mae hi'n gymaint o lejynd, rhaid ei bo hi o leia 75, ac mae hi'n dod 'ma bob wythnos i wirfoddoli i neud paned a thost i ni i gyd. Mae'n joio gweld y babis ac mae hi fel mam neu fam-gu i bawb. Bydda i'n gweld isie hi pan fydda i'n mynd 'nôl i'r gwaith.

'Haia, geith Mabon a fi ista efo chi?' mae'r fam mewn dyngarîs yn gofyn, sy'n dal fi'n annisgwyl a 'mharlysu i am eiliad wrth i mi geisio ffeindio'r geiriau i'w hateb. Dwi'n teimlo bach yn *starstruck* hefyd, sy'n hollol wirion, achos sai hyd yn oed yn gwylio *Y Dociau*, a dyw hi ddim lot hŷn na fi!

'Wrth gwrs, Alys i fi, gyda llaw.'

'Diolch! Elina dwi.' Elina Parry, wrth gwrs, dyna ei henw hi! 'Dyma 'nhro cynta i yma – tair wsnos oed ydi Mabon.'

'Waw, ti'n edrych yn wych!' dwi'n dweud, achos mae hi.

'Wel, dwi'n lwcus, ma'n cysgu'n dda ac yn fabi bodlon iawn... ac ma genna i lond drôr o golur, 'sti!' gwenodd Elina.

Dwi'n chwerthin, ond dwi hefyd yn teimlo'n eitha eiddigeddus. Mae bod yn fam yn dod yn llawer mwy naturiol i Elina nag yw e i fi, yn amlwg.

Ond mae Elina'n hyfryd ac ry'n ni'n sgwrsio am bopeth. Er sai'n teimlo'n y lle iawn i gwrdd â rhywun newydd, mae'n hawdd iawn siarad 'da hi, a dwi ddim yn teimlo'n lletchwith o gwbl.

'Dwi'n brysur rŵan...' mae Elina'n dweud wrth roi Mabon 'nôl yn y sling, 'ond sgen ti ffansi mynd am banad ar ôl grŵp wsnos nesa? *I mean,* ma'r coffi yn iawn yma 'de, ond dio ddim cweit 'run fath â *latte* o siop goffi, na?' mae hi'n dweud wrth wenu. Dwi'n gwybod beth mae'n ei feddwl ond mae rhan ohona i'n teimlo trueni dros Mair druan a'i hymdrechion i neud paneidie i bawb bob wythnos.

Dwi'n dweud wrthi mai dyma fy sesiwn ola i. Dwi 'nôl yn 'y ngwaith yr wythnos nesa.

'Bechod,' mae'n dweud.

Ry'n ni'n cyfnewid manylion Instagram ac yn cytuno i gadw mewn cysylltiad, ond a bod yn onest, dwi ddim yn disgwyl y byddwn ni. Mae pobl fel Elina mor brysur a phoblogaidd, dwi'n amau fydd ganddi'r amser i fi o gwbl.

Pennod 4

ELINA

Dwi wastad yn sbio drwy ffenast Pennod Panad cyn mynd mewn, rhag ofn bo *hi* yna, neu fo, neu'n waeth fyth, y ddau efo'i gilydd. Ma'n un o'r llefydd 'na ma Cymry Cymraeg Caerdydd yn hoffi, yn enwedig Cymry Cymraeg y cyfryngau, a dwi ddim yn dod yma'n aml o achos hynny. Ond ma Tom wrth ei fodd efo'r lle achos ma'n debyg mai dyma'r lle sy'n neud y *vegan sausage roll* a'r *oat milk latte* gora'n y ddinas. Dyna be sy'n digwydd i rywun pan ma nhw 'di bod yn byw yn Llundan am bron i ugain mlynedd! Ddudis i wrtho fo unwaith pam 'mod i ddim isio mynd 'na, a ddudodd o, 'Paid â bod ofn gweld nhw, Bêb, cadw dy ben *gorgeous* di'n uchel. Os ti'n gweld nhw, gwena'n bert, aros yn cŵl, a phaid â gadael iddyn nhw ennill.'

Mae o'n iawn, ddyla bo fi ddim yn gorfod cuddio oddi wrthyn nhw, dwi'n bownd o'u gweld yn rhywle neu'i gilydd – ma Caerdydd yn ddinas fach, wedi'r cyfan, a 'dan ni'r Cymry yn mynd i lot o'r un llefydd. Ond 'di Tom ddim yn gwbod am y newyddion diweddara am Gwyn a S.Ff.M. yn cael babi a'r rhaglen ddogfen. Dwi'm yn meddwl wna i ddeud wrtho fo heddiw, dwi ddim isio gorfod siarad am y peth.

Dydi Tom ddim i'w weld wedi cyrraedd eto, felly dwi'n dewis bwrdd mewn cornel fach, allan o'r ffordd, sy'n guddiedig a diogel. Ma Mabon yn cysgu'n y sling, felly dwi'n ista'n ofalus. Dwi'n sbio ar fy ffôn ac yn penderfynu dod o hyd i Alys Llywelyn ar Instagram. Ma 'na fwy nag un yn dod i fyny, ond mae'n amlwg pa un 'di'r un iawn. Dwi'n pwyso *follow*. O shit, gobeithio 'mod i ddim yn dod drosodd yn desbret! Dwi bron â dileu'r *request* pan ma'r neges *request accepted* yn fflachio.

Diolch i'r nefoedd.

Dwi'n sgrolio fel taswn i ar genhadaeth wyddonol. Ma hi'n edrych fatha geneth rili neis – ma ganddi wallt coch cyrliog, brychni a golwg *girl next door* arni. Dwi'n sbio ar y llunia a'r capsiwns:

'Diwrnod perffaith gyda'r babi perffaith' – capsiwn o dan lunia ohonyn nhw ar y traeth.

'Fy myd!' – capsiwn arall o dan gasgliad o lunia del o Cadi.

'Matchies' o dan lunia o Alys a Cadi'n gwisgo streips.

Ciwt.

Dwi'm yn licio rhoi llunia rhy bersonol ar y we, dwi 'di mynd reit breifat dros y blynyddoedd dwetha. Ma'n well genna i fyw fy mywyd heb deimlo 'mod i'n gorfod profi dim i neb arall. Ac ella 'mod i 'di cael digon o bobl yn siarad amdana i 'rôl popeth sy 'di digwydd. Dwi jest isio bywyd syml, heb ormod o helynt diangan.

'Haia!'

'FFWC, nest ti roi braw i fi!'

'Ha! Sori, Bêb.' Mae Tom yn roi hannar cwtsh i mi a hannar cwtsh i Mabon cyn sylwi ei fod o'n cysgu.

'Sori,' mae'n sibrwd. 'Dwi 'di gweld isie fe gyment! Ma'r wythnos ddwetha 'di teimlo fel blwyddyn,' mae'n deud yn reit fflat. Mi oedd o'n torri ei galon, bechod, yn mynd adra i Lundan 'rôl treulio'r bythefnos gynta efo ni.

'Dwi'n siŵr neith o ddeffro mewn bach, 'sti, mae o fatha *clockwork*. Bydd o angan *feed*. Gei di gydl bach wedyn.'

'Methu aros!' Mae o'n edrych yn hapusach rŵan. 'Sut ti'n cadw eniwê, Bêb?'

Ma Tom 'di galw fi'n 'Bêb' erioed, ers i ni fod yn gariadon yn y brifysgol yn Aber ugain mlynedd yn ôl. O'dd o mor *good-looking*, ac o'n i'n ffansïo fo gymaint – tal, tywyll, creadigol, doniol, ac mor anhygoel o ffraeth. O'dd o'n ticio pob bocs. Ar ôl chwe mis o'n i'n meddwl mai fo oedd 'the love of my life' – o'n i'n *convinced* y bysan ni'n priodi a chael babi un diwrnod. Nath o sylweddoli wedyn ei fod o'n hoyw. Ro'n i'n hollol gyted ar y pryd – yn siŵr mai *phase* o'dd o, a bysa fo un diwrnod yn sylweddoli bod o isio bod efo fi eto.

Mi oedd aros yn ffrindia'n anodd i ddechra. Byse fo hyd yn oed yn dod i aros yn 'y ngwely sengl i, a byswn i fatha llwy fach a fo'n llwy fawr drwy'r nos. Finna'n gorwedd yno'n methu cysgu, yn desbret iddo fo roi sws i fi neu rwbath. Ond o'dd bod yn ffrindia efo fo'n gymaint o hwyl ac o'dd bod yn ei gwmni o'n neud fi mor hapus, o'dd rhaid i fi dderbyn na fyddan ni byth yn fwy na ffrindia eto.

Wrth edrych yn ôl, dwi'n siŵr mai dyna sut o'dd petha i fod. 'Dan ni 'di bod mor agos ers hynny, er ei fod o 'di bod yn byw yn Llundan ers iddo raddio. Fedra i ddim dychmygu bywyd hebddo fo rŵan, ac mewn ffordd, fo *ydi* 'the love of my life'. Naethon ni ddim priodi, ond fel tase tynged wedi chwara tric rhyfedd, *ma* gynnon ni fabi.

'Ti'n côpio'n ocê ar ben dy hun? O'n i'n teimlo'n euog yn gadael ti wythnos dwetha. Ma tadolaeth lot rhy fyr yn y wlad 'ma!'

'Iawn, 'sti. O'dd Mam a Dad lawr am chydig ddiwrnoda, ac ma'n reit hawdd rili, tydi... am fabi.'

‘Cymryd ar ôl ei fam, felly!’ medda Tom. ‘’Se fe’n cymryd ar ôl fi bydde fe’n *real diva*!’

‘Wel, *touch wood* neith o barhau, ’de!’

Ma Mabon yn dechra deffro. ‘Ma’n nabod dy lais di…’ dwi’n deud wrth Tom.

‘Dere ’ma, Mabs… haia, ’mabi i!’ Mae o’n siarad mor annwyl efo fo, mae ganddo fo ffordd mor naturiol efo fo, o’dd o fod i fod yn dad. O’n i’n hollol gyted drosta fo pan ddudodd o bod ’i bartnar o, Matt, ddim isio plant.

Bron i ddwy flynedd yn ôl rŵan, ar ’mhen-blwydd i’n 38, o’dd Tom a fi’n ista yn ’y nhŷ i, yn yfad gwin coch ar ôl bod allan yn dathlu efo ffrindia. O’dd y ddau ohonan ni’n *tipsy* ac yn gwarndo ar *90s Pop Anthems* – un o’n traddodiada ni.

‘Tiwn!’ ddudodd Tom wrth i’r gân ‘Never Ever’ gan All Saints ddod ymlaen. ’Dan ni’n gwbod pob gair i hon ac yn canu efo’n gilydd. Mae’r geiria am dor perthynas a’r ferch yn cwestiynu be nath hi’n rong, sy’n berthnasol iawn.

Ma Tom wedi bod efo fi ar bob un pen-blwydd ers i fi fod yn 20, a diolch i Dduw fod o efo fi achos dyna’r pen-blwydd cynta i mi gael fatha dynes sengl a do’n i ddim yn delio efo fo’n dda.

‘Ma presant bach ’da fi i ti,’ ddudodd Tom.

‘Be? Sgen ti ŵr i mi?’

‘Na, gwell ’na dyn!’

‘Be ’ta?’

‘Sbliff!’ ddudodd o gan dynnu un fawr allan o’i bocad efo gwên.

O’dd Tom a finna’n dablo efo cyffuria ers pan o’n ni’n stiwdants – canabis, coke, ecstasi – nid yn rheolaidd, ond bob hyn a hyn mewn gìg neu barti. O’ddan ni’n dal i smygu joints efo’n gilydd ar achlysuron arbennig – arfar neu ddefod fysa’n gwylltio Gwyn, o’dd yn casáu’r stwff. Felly o’dd gneud hyn yn y foment yna'n teimlo fatha codi dau fys arna fo. Erbyn meddwl, doedd gynnon ni erioed fawr yn gyffredin mond bo ni'n ffansïo'n gilydd, yn gweithio'n yr un diwydiant a'r ddau ohonon ni'n siarad Cymraeg.

'Lejynd! Ti'n nabod fi'n dda! Sbarcia hi fyny, 'ta!' Ac efo sbliff mewn un llaw a gwydraid enfawr o win coch yn y llaw arall mi ddudis i wrtho fo 'mod i'n desbret i fod yn fam, ond yn poeni 'mod i'n rhedag allan o amsar.

'Dwi'n casáu'r bastard!'

'Wnei di ffeindio rhywun ddo, Bêb, ti'n *really hot*. Rho bum mlynedd i Gwyn a bydd dim gwallt 'da fe, bydd e'n edrych fel Mr Potato Head a bydd Sara Mai yn styc 'da fe!'

'Ti'n gwbod mai Sara *Ffycin* Mai 'di'i henw hi, Tom?' ddudis i'n hollol serious.

'Sori, Sara Ffycin Mai... Sara Ffycin *Poo Face* Mai.'

Dechreues i chwerthin fatha plentyn.

'Sara Ffycin *Poo Willy Tit Face* Mai,' dwi'n ychwanegu.

Chwarddon ni tan ein bod ni'n crio a'r gwin bron â dod allan o'n trwyna ni.

O'dd y gwin, y *weed* a Girl Power *vibes* y miwsig yn amlwg wedi cael dylanwad arna i. Gwen Stefani, Alanis Morissette, a finna'n teimlo fatha'n bod ni'n medru concro'r byd.

'Ti 'mod be?' medda fi, yn chwifio fy ngwydr fatha baton. 'Dwi'n meddwl am fynd i'r *sperm bank*. Dwi'n *strong independent woman*! Fedra i fod yn fam ar ben fy hun! Dwi ddim angan dyn!'

'Ie! Clywch ffycin clywch!' medda Tom, yn taro'r soffa gyda'i law. 'Ti ddim angen dyn! *Go for it*! Byddet ti'n fam wych! Seriously... ti yw un o'r bobl mwya caredig dwi'n nabod...'

Ro'n i newydd ddechra llyncu'r geiria hynny i lawr gyda sip mawr o win pan newidiodd yr olwg ar ei wyneb o.

‘Dwi’n gyted ’fyd bo Matt ddim isie plant,’ medda fo’n sydyn, a’i lais dipyn tawelach, ‘ond dwi’n ei garu e gyment, El, dwi’n trio derbyn y peth.’ Ro’n i’n sbio arno fo, heb air. O’dd o fatha agor drws bach i stafell doedd o rioed wedi ’ngalw i mewn iddi o’r blaen. Do’n i ddim yn siŵr sut i ymateb, felly ddudis i’r gwir.

‘Bywyd oedolyn, eh? Ma popeth mor blydi serious. Dwi isio mynd ’nôl i pan o’n ni’n y coleg a’r cwbl o’dd angan i ni boeni amdano o’dd hangovers a throi fyny i *lectures* ar amsar.’

‘Dwi’n gwbod... *those were the days...*’ ddudodd o ac o’n i’n siŵr fod ei lygaid o’n wlyb.

Yna, mwya sydyn, ddudodd o, ‘Hang on! Seriously, El, beth os y’n ni...’ ac o’n i’n gwbod yn iawn oddi wrth yr olwg ar ei wyneb o be o’dd o’n mynd i’w ddeud.

‘Yn cael babi efo’n gilydd?’

ALYS

Dwi’n cyrraedd Pennod Paned braidd yn hwyr. Gymrodd hi sbel i Cadi fynd i gysgu ond mae’n *flat out* nawr, o’r diwedd, a dwi’n edrych mlân at fwynhau coffi ’da Saffi mewn llonyddwch. Dwi’n ei gweld yn cymryd llun o’i choffi ac yn teipio rhywbeth ar ei ffôn. Mae hi’n postio popeth – dyna’r unig reswm dwi’n gwybod cymaint amdani’r dyddie ’ma, achos prin iawn dwi’n cael unrhyw gyfle i’w gweld hi.

Mae hi’n edrych yn cŵl heddi yn ei siaced ledr, ac er bod y gwanwyn megis dechrau, mae pâr o sbectol haul ar dop ei phen yng nghanol ei gwallt cyrliog, du. Mae hi’n edrych o leia bum mlynedd yn iau na fi, er ein bod ni’n dwy bron yn 33. Mae ei chroen euraidd yn edrych mor glir a llyfn, mae bron yn disgleirio. Mae ei mam yn dod o Rydaman, a'i thad yn wreiddiol o Nigeria. Un o fy atgofion cynharaf ohoni yw ni'n dwy'n esgus mai ni oedd y Spice Girls yn y Dosbarth Derbyn; hi oedd Scary Spice a fi oedd Ginger am resymau amlwg. O'n i'n casáu perfformio ond o'dd Saffi wrth ei bodd. O'dd hi'n dwli ar y Spice Girls, ond o'dd well 'da fi Eden.

'Haia, Saffi!' dwi'n dweud, 'sori bo fi'n hwyr.'

'Haaai, dim probs o gwbl!' Mae'n codi a rhoi ei breichiau hir, tenau o'm cwmpas i. Mae hi'n arogli'n neis, ond o dan yr haenau o bersawr drud a mintys y gwm cnoi, dwi'n siŵr 'mod i'n gallu arogli tinc bach o alcohol. Mae'n f'atgoffa i ei bod hi'n dal yn rhydd i fwynhau bywyd cymdeithasol gwyllt ac amrywiol a dwi ddim yn siŵr os dwi'n teimlo'n genfigennus ohoni neu'n druenus drosti.

Yn sydyn, dwi'n mynd yn ymwybodol iawn fod 'na bosibilrwydd cryf 'mod i'n drewi o gymysgedd o chwys, bwyd babi a lludw...

'Sut wyt ti?' mae'n gofyn.

Alla i ddim cofio faint oedd fy oed pan sylwes i fod Saffi llawer talach a theneuach na fi, ond pan naethon ni gwrdd yn yr ysgol feithrin doedd ein gwahaniaethau ddim yn bwysig i ni. Hi oedd un o'r unig blant yn y dosbarth oedd yn dod o gartref dwyieithog, ac felly'n gallu deall fi a chyfathrebu gyda fi o'r diwrnod cyntaf. Buon ni'n ffrindie pennaf drwy'r ysgol i gyd ac fe arhoson ni mewn cysylltiad drwy'r brifysgol hefyd, er iddi hi fynd i Fanceinion a finne i Fryste. Dim ond ers cael Cadi dwi'n teimlo ein bod ni wedi pellhau ychydig. Mae ein bywydau mor wahanol nawr. Mae Saffi'n benderfynol ei bod hi byth isie plant achos ei bod mor hoff o weld y byd a byw ei bywyd ar ei thelerau hi.

'Dwi'n iawn, diolch.'

Celwydd yw hyn ond dwi'n poeni os gwna i ddechrau sôn am Daf a Cadi a llwch Mam, wna i ddechrau llefen. 'Sut wyt ti?'

'Dwi'n dda, diolch, dwi wedi blino bach ar ôl dod 'nôl o Milan wythnos 'ma. O'dd e'n rili brysur, ond o'dd e'n wych.'

'Weles i'r llunie, hollol styning – ti *a'r* ddinas.' Mae 'da Saffi ryw 20,000 o ddilynwyr ar Instagram. Mae hi'n cael ei thalu i fodelu dillad ac yn cael profiadau yn rhoddion o hyd. Mae 'na lunie *gorgeous* ohoni'n gwisgo sbectol haul Prada ac yn eistedd o flaen yr eglwys gadeiriol, amrywiaeth o lunie lle mae'n edrych ar y camera, a rhai lle mae'n eistedd ac yn edrych ar yr adeilad crand. A llun ohoni'n dal bagie Chanel a siope *designer* eraill.

'Pryd ti'n mynd 'nôl i'r gwaith?' mae hi'n gofyn.

'Dydd Llun,' dwi'n ateb.

'Shit, ath hwnna'n glou, sut ti'n teimlo am fynd 'nôl?' Dwi ddim isie dweud wrthi fod yr amser heb fynd yn glou o gwbl i fi, bod y diwrnode'n teimlo'n ddiddiwedd weithie, a'r tasge dyddiol, diddiolch sydd i'w gwneud fel mam yn anodd heb neb 'na i gynnal sgwrs iawn.

'Wir yn nerfus. Bydd 'da fi Blwyddyn 1 – dosbarth eitha heriol, mae'n debyg, ac ma'n rhyfedd mynd 'nôl yng nghanol y flwyddyn academaidd. Dwi 'di clywed fod y plant yn dwli ar eu hathrawes gyflenwi, dwi...' Alla i weld nad yw hi wir yn gwrando nawr. Dwi'n ei diflasu hi, mae hi'n edrych lawr ar ei ffôn. 'Dwi'n ocê, bydd e'n iawn... So, be ti 'di bod yn neud, oni bai am jet seto?'

'Wel, ma 'da fi contract newydd 'da Converse, ti'n lico sgidie fi?'

'Leopard print! Mae pawb yn gwisgo fe dyddie 'ma. Ydw, maen nhw'n cŵl iawn, siwto ti!' dwi'n dweud.

'Gifted,' mae'n ymateb yn browd.

Dwi'n stryglo i wybod beth i'w ddweud. Dwi mor flinedig. Felly, dwi'n gwenu a dweud 'Cŵl' eto.

Dwi'n mynd lan at y cownter i archebu coffi gan adael Cadi'n y bygi gyda Saffi. Dwi'n gweld cefn dyngarîs cyfarwydd Elina Parry yn dal dau fŵg ac yn cerdded tuag at ddyn trawiadol iawn sy'n dal Mabon. Falle taw fe yw ei phartner hi. Dwi'n penderfynu peidio mynd ati, mae hi'n edrych yn brysur.

Wrth i mi dalu am fy nghoffi, dwi'n clywed sŵn llefen mawr. Mae Cadi wedi dihuno ac mae 'nghalon i'n suddo. Alla i byth cael pum munud i fi fy hun neu i fwynhau coffi gyda ffrind. Dwi'n talu am fy niod yn gyflym ac yn brysio'n ôl at y ddwy. Mae Saffi'n codi ei hysgwydde i ddangos nad yw hi'n gwybod beth sy'n bod ar Cadi. Sai'n gallu gweithio mas chwaith, dwi byth yn gwybod beth sy'n bod arni.

Dwi'n ei chodi a'i suo 'nôl a mlân, dwi'n canu, cynnig llaeth iddi ac mae'n ei daflu i'r llawr.

Galla i deimlo fy ngwyneb yn mynd yn goch gan fod pawb yn edrych. Dwi'n cynnig bisged iddi ac mae'n dechrau tawelu.

'Sori, Saffi. Mae'n anfodlon iawn yn ddiweddar, dwi ddim yn gwybod beth i'w neud 'da hi!'

'Mae'n ocê,' mae Saffi'n dweud yn dawel, ond dwi ddim yn siŵr ei bod hi'n golygu e.

'So, sut mae'r gwaith yn mynd?' dwi'n gofyn er mwyn ceisio atgyfodi'r sgwrs.

'Boring. Dwi ddim yn teimlo fel ces i 'ngeni i weithio mewn swyddfa yn anfon e-byst ac yn mewnbynnu data drwy'r dydd, ond mae'n talu'r bils. Dwi'n gobeithio, erbyn diwedd y flwyddyn 'ma, bydda i'n neud digon o arian fel Content Creator i beidio gorfod gweithio 'na rhagor, wedyn alla i deithio'r byd a mynd mas o'r ddinas ddiflas 'ma am sbel, neu hyd yn oed am byth!'

Dwi'n teimlo'n anghyfforddus achos heblaw am y tair blynedd dreulies i'n y brifysgol ym Mryste dwi erioed wedi byw yn unrhyw le arall oni bai am Gaerdydd. Mae hi'n neud i fi deimlo fel mai fi sydd â'r bywyd mwya diflas yn y byd weithie.

Dwi wedi bod yn athrawes ers deng mlynedd, ac wedi bod 'da Daf ers tua'r un hyd. 'Nes i ddim cymryd blwyddyn gap na mynd i deithio. Des i'n syth mas o'r brifysgol, 'nes i'r cwrs dysgu, wedyn ddechreues i weithio a setlo lawr.

Fe ges i gyfnode o bartïo, a mynd i gigs; y pethe arferol. Ond dim byd o'i gymharu â'r bywyd difyr mae Saffi wedi byw ac yn dal i'w fyw o hyd. Mae hi'n gwybod sut mae neud y mwya o bob cyfle. Dyw hi ddim yn gorfeddwl, mae hi jest yn ei neud e, sydd mor annhebyg i fi.

'Swnio'n cŵl,' dwi'n ymateb. Dyw hi ddim yn gofyn unrhyw beth i fi. Mae Cadi'n dechrau aflonyddu eto, dwi'n trio ei hanwybyddu ychydig a chadw'r sgwrs i fynd dros y sŵn.

'So, sut mae dy chwaer a dy rieni?' dwi'n gofyn.

'Maen nhw'n iawn, diolch,' mae'n dweud gan edrych ar ei ffôn eto.

Waw, mae sgwrsio gyda hi'n anodd heddi. O'dd hi'n arfer bod mor hawdd siarad 'da hi. Mae'n teimlo fel petai'n cadw rhywbeth oddi wrtha i.

'Sori, Alys, ma pen tost 'da fi, dwi ddim yn teimlo'n iawn, dwi'n meddwl bydd rhaid i fi fynd adre.'

'Ti'n iawn?' dwi'n gofyn yn hollol *confused*.

'Ydw. Dwi jest newydd gofio bod rhywbeth sydd rhaid i fi neud,' mae'n dweud gan godi ar ei thraed.

'Ti'n siŵr bod pob dim yn iawn?'

‘Ydw, sdim byd yn bod, dwi jest yn gorfod mynd. ’Na i tecstio ti wedyn. Sori. Ta-ta, Cadi!’ Mae’n rhuthro mas o’r caffi, heb gwtsh na ffarwél go iawn. Dwi’n teimlo’n paranoid. O’dd rhaid iddi adael achos bod Cadi’n cadw sŵn? Ife fi yw e? Be ’nes i o’i le?

SAFFI

Wel, o’dd hwnna’n *disaster.* O’dd rhaid i fi adael ar frys, o’n i’n teimlo mor hungover ac o’dd yr holl sŵn, ogleuon y caffi a gweiddi Cadi’n neud i fi deimlo’n waeth. Do’n i ddim isie dweud wrthi ’mod i ’di anghofio’n llwyr bo ni fod i gwrdd ac wedi mynd mas a meddwi a dod â dyn ’nôl i’r tŷ. Bydde hi’n barnu fi. Dwi mor falch o fod ’nôl yn ’y ngwely.

Sai’n cofio’r tro dwetha i fi ac Alys dreulio amser iawn ’da’n gilydd. Ni jest mor wahanol nawr, ma hi ’di newid gymaint ers cael Cadi a cholli Siriol.

O’dd ei mam mor lyfli, o’dd ei henw hi’n ei siwtio hi gymaint, ro’dd hi fel mam i bawb, cymeriad *larger than life*. Ro’dd ganddi ormod o bopeth, gormod o fronnau, gormod o fol a gormod o wallt mawr coch cyrliog fel Alys, ond ro’dd ganddi hefyd galon enfawr, gwên lysh a chwerthiniad unigryw. Ro’dd hi’n hynod o alluog ac wastad yn gwybod beth o’dd y peth iawn i’w neud. Magodd hi Alys ar ei phen ei hun ar ôl i’w gŵr adael yn ddirybudd un diwrnod.

Mae’n braf cael ei chofio hi, dwi ddim yn cael siarad amdani nawr, dim ’da Alys, ta beth. Dwi’n gallu gweld ei bod yn trio cadw wyneb dewr.

Mae’r gwydr o ddŵr o’dd Rhod yn yfed mas ohono fe bore ’ma’n dal wrth ochr y gwely. Dwi jest isie clywed ganddo fe.

’Nes i tecstio ar ôl iddo fe adael yn dweud:

> **Saffi:** Diolch am noson hollol amazing, rho wybod os ti isie neud e ’to...

O’n i’n cachu brics, yn poeni bo fi wedi dod drosodd yn rhy *full on* achos nath e gymryd cwpwl o oriau i ymateb. Ond ar y ffordd i Bennod Paned ges i neges ’nôl. Ddwedodd e:

> **Rhod:** Neis cyfarfod chdi, Sexy Saffi Akintola xx.

Felly ’nes i *stupidly* tecstio eto, dwi rili ddim yn gwybod pam (dwi *obviously* mas o bractis yn chwarae gemau fel hyn):

> **Saffi:** Ti’n gwybod ble i ffeindio fi os ti isie mwy xxx.

Nawr, dwi rili isie mynd ’nôl mewn amser. Mae e wedi darllen y neges ond heb ymateb.

Mae fy ffôn i’n fflachio o hyd gyda *notifications* ac mae cannoedd o bobl wedi hoffi fy stori bore ’ma; jest llun syml o ’nghoffi i’n dweud ‘Friday Funday’ – sy’n eironig gan bod e ddim wedi troi mas yn llawer o hwyl o gwbl. Ond does dim un neges gan yr unig berson dwi isie clywed ganddo fe.

O’n i bron â dweud wrth Alys am Rhod, ond doedd e ddim yn teimlo’n iawn rhywsut, ac ro’dd hi’n anodd cael sgwrs ddwys gyda Cadi mor aflonydd hefyd. Bydden i wedi gallu trafod y peth gyda’r *hen* Alys, a bydden i’n darllen neges ac anyleiso pob gair fel ditectif o MI6, a bydde hi’n trio codi ’nghalon i gan ddweud rhywbeth tebyg i: ‘Mae e *yn* hoffi ti, mae *dwy* sws, dyw e *probably* heb tecstio ti'n ôl achos mae'n brysur, neu falle bod e'n neud y *treat them mean keep them keen* thing, ti loads pertach a mwy cŵl na fe, bydde fe'n wirion i beidio isie gweld ti eto.'

Mae'n gwneud fi'n drist 'mod i'n methu siarad 'da hi fel mae hi nawr... dwi jest yn teimlo fel bod hi'n gweld fi fel problem. Anaeddfed, byrbwyll ac yn fethiant. Dwi'n meddwl bo hi'n 'y ngweld i fel y ffrind sydd heb brynu tŷ, heb briodi, heb swydd go iawn, heb bensiwn. Dyw hi heb ddweud dim o hyn, ond mae'r rolio llygaid yn dweud y cyfan.

Dwi'n checio fy ffôn eto. Dyw e dal heb ymateb. Pam mae rhaid i fi fod mor... fi?

ALYS

'What's the matter? Are you cold, darling? Is your mother not looking after you properly?' mae rhyw hen fenyw fusneslyd yn gofyn i Cadi, sy'n sgrechen yn y pram ar y ffordd adre. Nid fy mai i yw e bod hi'n cael rhyw fath o dantrym ac wedi tynnu ei sanau a'i sgidiau, a bod ei thraed bach noeth yn dangos yng ngwynt oer y gwanwyn. Pwy mae'r hen ast ma'n meddwl yw hi? 'I look after her very well, thank you very much!' dwi'n gweiddi 'nôl ati. Ond mae'r geiriau 'ma'n gwrtais o gymharu â'r hyn dwi isie eu dweud.

Ni adre nawr, ac mae hi wedi cwympo i gysgu'n y bygi ar ôl crio ei hun i gysgu. Dwi'n agor drws y tŷ ac yn tynnu'r bygi i mewn yn ofalus fel nad yw hi'n deffro. Geith hi aros 'na am nawr. Dwi mor barod am awr o dawelwch. Ble mae Daf? Mae

’na giât wedi cael ei rhoi ar waelod y stâr, felly mae e wedi dechrau ar y baby-prŵffio o leia, chwarae teg.

Dwi’n anfon neges sydyn at Saffi:

> **Alys:** Haia, gobeithio bo ti’n iawn, sori fod Cadi mor swnllyd, o’dd hi’n neis i dy weld di X.

Mae hi’n ganol y prynhawn a dylen i wneud cinio i fy hun gan ’mod i ’di methu bwyta’n y caffi. Dwi’n gorfod datod rhyw fath o declyn er mwyn agor y ffrij, ond does dim chwant bwyd arna i. Mae ’na botel o win gwyn heb ei hagor yn y drws. Anghofies i am hon. Yw hi’n rhy gynnar? Nagyw. Ffyc it, mae’r *mummy bloggers* ar y *socials* i gyd yn yfed o hyd – #wineoclock, #mamaneedswine, #winetime – dwi’n tywallt gwydraid mawr i’n hunan.

Dwi’n sylwi ar y rhaw lwch a ddefnyddies i glirio lludw Mam bore ’ma yng nghornel y gegin a dwi’n cau fy llygaid yn dynn wrth gymryd llwnc mawr, ac un arall. Am ddiwrnod ffycin uffernol! Dwi’n yfed gweddill y gwydraid heb stopio am anadl ac yn teimlo rhyddhad yn dod dros fy nghorff i. Mae’r boen a’r pryder yn dechrau lleihau. Dwi’n tywallt gwydraid arall.

Pennod 5

ELINA

Ma mor neis cael Tom yma efo fi, ma'n teimlo fatha'n bod ni'n deulu bach. Naethon ni fynd i Sain Ffagan heddiw, er nath Mabon gysgu drwy'r holl beth, o'dd hi'n reit braf cael diwrnod allan efo'n gilydd. Dwi'n trio gwerthfawrogi pob munud cyn iddo fo orfod gadael fory.

'Reit 'te, bois bach, mae'n hen bryd i Mabon bach ddechrau cael addysg cerddoriaeth!' ma Tom yn datgan gan sgrolio drwy'i ffôn yn chwilio am *playlist*. 'Bach o Queen, dwi'n meddwl!' Ac wrth iddo ganu pob gair o 'Bohemian Rhapsody' yn dynwared Freddie Mercury, ma'n newid clwt Mabon, golchi'r llestri, twtio'r stwff sy'n 'mhob man o amgylch y lle – mwslins, bibs, darnau o ddillad bach a *rattles* – fatha'i fod ar y llwyfan yn Live Aid 1985. Dwi'n ei adael o ac yn cymryd mantais o'r cyfla i fynd i fyny i gael bath poeth.

Dwi'n gorwedd yn y swigod gwyn a dwi'n meddwl sut wna i fyth gymryd yr hamdden i gael bath yn ganiataol eto. Ma'n teimlo fatha gymaint o *luxury*. Dwi'n edrych ar fy nghorff yn iawn am y tro cynta ers geni Mabon – ma fy mol fel balŵn sydd wedi gollwng ei aer. Ma'r croen yn dena, yn llawn marciau coch fatha ffyrdd ar fap sy'n dechrau pylu'n binc golau. Ma 'mronna i'n drwm, yn llawn ac yn dyner, yn gollwng diferion o lefrith. Ma'r dŵr cynnes yn *soothing* rhwng fy nghoesa sy'n dal i deimlo'n reit boenus ar ôl yr enedigaeth.

Fedra i glywad fod y gerddoriaeth wedi stopio chwara.

Dwi'n disgwyl iddo roi'r gerddoriaeth 'nôl mlaen, ond tydi o ddim. Ma'r bath yn dechra oeri rŵan.

Dwi'n codi, datod y plwg, gwisgo fy ngŵn nos borffor fflwfflyd ac yn lapio 'ngwallt mewn tywel fatha tyrban. Dwi'n mynd lawr y grisia.

Ma Tom yn wyn fatha lliw'r tywel ar fy mhen. 'Be sy?' dwi'n gofyn.

'Matt...' ma'n deud yn dawel. Ma Mabon sy'n gorwedd yn y fasged Moses wrth yr aelwyd yn dechra crio. Dwi'n ei godi fo ac yn trio'i gysuro a gwrando ar Tom ar yr un pryd.

'Be sy 'di digwydd?' Dwi rili'n dechra poeni rŵan.

'Ma fe 'di bod yn teimlo... wel... ddim yn iawn yn ddiweddar, *I'll spare you the details*, ond stwff i'w neud gyda mynd i'r tŷ bach, ac ma fe wedi bod at y doctor ac wedi cael profion...' Fedra i ei weld o'n dal y dagra 'nôl.

'A *basically* gath e'r canlyniade ddoe pan o'n i ar y ffordd i Gaerdydd. Do'dd e ddim isie dweud wrtha i'n syth achos o'dd e'n gwbod faint o'n i'n edrych mlân at ddod, "and I needed some time to process it" wedodd e...'

Blydi hel.

'Ma *bowel cancer* 'da fe, El.'

'Be? O, Tom, dwi'm yn gwbod be i ddeud...' Dwi isio deud wrtho fo bydd popeth yn ocê.

''Dan nhw 'di rhoi syniad o ba mor wael ydi o?'

'Stage 2 felly dyw e ddim wedi sbredio na dim, ac ma nhw'n dweud bod y *chances* yn dda iawn, ond rhaid iddo fe ddechrau *chemo* cyn gynted â phosib.' Mae'r newyddion yma'n taro'n galed ond dwi ddim isio clymu fy ofn i o gwmpas ei ofn o. Dwi jest isio bod yn bresennol ac yn gadarn.

'Dwi 'di clywed hynny am *bowel cancer* 'fyd, 'sti – os ma nhw'n dal o'n gynnar,' dwi'n deud. Dwi ddim yn siŵr ai dyna'r peth iawn i'w ddeud, chwaith. Ma'n gwawrio arna i be ma hyn yn mynd i olygu i fi a Mabon, ond dwi'n trio peidio meddwl am y peth, achos dydi hyn ddim amdana i. Dwi'n gwbod na fydda i'n gweld Tom gymaint rŵan efo'r holl apwyntiada a thriniaetha, ac ma hynny'n iawn, wrth gwrs ei fod o. Ond ma rhan fach hunanol ohona i'n hollol gyted bo hyn yn digwydd rŵan ar adeg mor bwysig o'r daith yma i fod yn rhieni ac yn deulu.

'Sut ma'n teimlo?'

'Mae e mewn sioc, ond ma'n ocê. Ma'n trio bod mor bositif â phosib, dwi ddim yn gwbod sut ma'n neud e.' Ma'n oedi. 'Dwi jest yn gyted, El, bod e 'di bod yn poeni ar ben ei hunan drwy'r penwythnos, a bo hyn i gyd yn digwydd nawr pan dwi'n trio creu bond 'da Mabon, a bo ti angen fi ac mae e angen fi...'

'Dwi ddim angan ti, Tom. Ddim gymaint â fo.'

'Dwi'n gwbod ond...' Ma'n crio rŵan a dwi'n mynd i ista wrth ei ymyl o ac yn rhoi Mabon ar y fron. Dwi'n rhoi fy llaw ar ben-glin Tom, ac ma'n rhoi ei ben ar fy ysgwydd i.

'Tom, dwi'n meddwl bo ti angan bach o amsar i ddod dros y sioc. Paid â phoeni amdana i, bydd Mabon a fi yn ocê, nawn ni gymryd hi wsnos ar y tro.' Ma'n dal i grio a ddim yn ymateb.

Dwi'n trio meddwl yn gyflym am rwbath i godi ei galon.

'Ella fedran ni ddod am antur ar y trên i Lundan! A' i â fo i'r Tower of London... a geith o gysgu drwy'r holl beth!' Ma Tom yn chwerthin rŵan trwy ei ddagra. Dwi'n meddwl am fwy o betha felma sy'n codi ei hwylia fo chydig bach.

'Dwi'n mynd i bacio'n stwff a mynd 'nôl i Lundain ato fe,' ma'n deud gan rwbio ei wyneb. 'Ddwedodd e wrtha i am aros noson arall a dod 'nôl fory, fel o'dd y plan gwreiddiol, ond dwi rili isie ei weld e nawr, alla i ddim ei adael e ar ei ben ei hun.'

Dwi ddim isio iddo fo adael. Ma'n mynd fyny grisia i nôl ei fag.

Ma Matt chydig yn iau na ni, mae o'n ffit ac yn iach, mae o wedi rhedag marathon Llundan sawl gwaith, dio'm yn yfad gormod, dim mwy na fi a Tom, dio'm yn smygu a neith o ddim smocio sbliffs efo ni. Ma'n byta lot o fwyd figan ac yn osgoi bwyd wedi'i brosesu. Dwi'n siŵr bydd popeth yn iawn, ond ma 'na ran ohona i'n poeni, be os na fydd o'n iawn? Ma Matt wedi bod mor dda efo pob dim, dwi wastad wedi'i licio fo, er fod o'n Sais. Dydan ni ddim yn agos, ond ma'n dda i Tom.

Yna, ma'n mynd at y drws, yn rhoi cwtsh i Mabon, ac i fi, ac yn cerddded i lawr y stryd yn y gwyll tuag at yr orsaf drên.

Dwi'n mynd mewn i'r tŷ, sy'n teimlo mor wag a thawel rŵan, ac yn tecstio fy chwaer.

> **Elina:** Hia Lowz, sori i ofyn ond fysat ti'n gallu dod lawr i Gaerdydd penwsnos nesa? Tom 'di cael newyddion drwg a methu dod. 'Swn i'n medru neud efo cwmni, ac ma Mabon isio dod i nabod Anti Lowz. X

Dwi'n aros am ymateb. Long shot 'di hyn, ma ganddi ddwy eneth sy'n wyth a deg oed ac ma nhw'n brysur o hyd, ond dio'm yn ormod i'w ofyn, nac ydi? O'n i'n mynd i fyny i'r gogs drwy'r adag pan o'dd y genod yn fach, o'n i wrth fy modd yn mynd i'w gweld nhw a helpu Lowz.

Lowri: Sori Lin, mae'r genod yn cystadlu yn Steddfod Gylch dydd Sadwrn, a 'dan ni'n brysur bob *weekend* tan Pasg efo pen-blwydd Seren ayyb. Be am i mi ddod lawr yn ystod Pasg? X

Typical, 'di byth ar gael. Ddoth hi lawr am 24 awr ar ôl i Mabon gael ei eni ond dwi braidd yn clywad ganddi fel arall. Dwi'n tecstio Mam efo'r un neges.

Mam: Sori Elin

Gas genna i pan ma hi'n galw fi'n Elin. Elina dwi 'di galw fy hun ers i fi fod yn 18 oed achos oedd 'na lot fawr o Elins yn 'y mlwyddyn i'n Aber. Hi a Dad 'di'r unig rai sy'n dal i 'ngalw i'n Elin.

Mam: Ma dy dad yn diodde'n ofnadwy efo'i arthritis eto, dwi ddim am ei adael o.

Mam: Croeso i ti a Mabon ddod fyny aton ni. X

Y gwir amdani, dydi pum diwrnod ddim yn ddigon o rybudd i Mam. Ma ganddyn nhw'u rwtîn a dydan nhw ddim yn licio'i newid o.

Ma'r diffyg cefnogaeth gan fy nheulu a holl sefyllfa Tom yn neud fi'n ddagreuol. Dwi'n gwbod 'mod i'n sensitif, ac o'n i'n gwbod bysa bod yn fam sengl a byw mor bell o 'nheulu yn anodd. 'It takes a village to raise a child' ma nhw'n deud, a rŵan dwi'n teimlo fatha bod trio neud o heb 'village' yn wirion. Bysa modd i mi fynd i fyny i'r gogs, dwi'n gwbod, ond dwi'm cweit yn barod i yrru mor bell chwaith. Dwi'n trio meddwl pwy arall sy ’na. Dwi’n siŵr fydd gan Gwyn a S.Ff.M. lwyth o bobl yn eu helpu nhw efo’r babi.

Dwi’n mynd at fy ffôn, mynd mewn i Instagram ac anfon neges at Alys.

> **Elina:** Hia Alys, gobeithio aeth dy ddiwrnod di ’nôl yn gwaith yn ocê. Braf cyfarfod chdi ddydd Gwenar. Ti ffansi cwrdd dydd Sadwrn? Paid poeni os ti’n brysur. Elina x

Dwi’n nerfus, yn gobeithio daw hi ’nôl ata i. Dwi’m yn meddwl fedra i handlo *rejection* arall heddiw.

SAFFI

Dwi ar y ffordd ’nôl o Lundain ar y bws rhad. Mae’r seddi i gyd yn llawn ac mae ’na ddyn yn dod i eistedd drws nesa i fi, dwi’n symud fy mag yn hollol anfodlon. Mae’n gwisgo dillad brwnt, yn feddw ac yn arogli o *piss*. Grêt, dyma’n union beth sydd isie arna i ar ôl diwrnod hollol crap yn crwydro’r ddinas.

‘Scuse me love, you’re a beautiful young lady, do you have a boyfriend?’ mae’r tramp yn gofyn. Ych, *gross, literally nope*, dwi ddim isie siarad ’da fe.

‘That’s none of your business,’ dwi’n dweud wrtho fe, gan dynnu fy nghlustffonau lan yn ddramatig.

‘Ok, ok, no need to be rude, you think you’re too good for me, do you?’

Dwi isie dweud, ‘Yes, actually, I do, I am too good for you,’ ond dwi’n esgus bo fi heb ei glywed. Dwi ’di blino gormod i ddadle gyda fe. Mae’n dweud rhywbeth arall am ‘your type’ ac wedyn y gair 'snob' drosodd a throsodd, ac ar ôl ychydig mae'n rhoi'r gore iddi ac yn syrthio i gysgu.

Gadawes i Gaerdydd am ddau o'r gloch bore 'ma er mwyn cyrraedd Llundain erbyn chwech. O'n i am gyrraedd mor gynnar â phosib er mwyn tynnu'r lluniau cyn i'r llefydd lenwi gyda thorfeydd. Does dim byd yn lladd *vibe* Instagram fel teulu o dwristiaid o flaen dy dripod. A pheth da 'nes i, achos roedd gorsaf Piccadilly Circus ar gau, felly ro'dd rhaid i fi gerddded yn bellach nag o'n i wedi'i fwriadu, a ches i fy nal mewn cawod o law a throdd fy ngwallt mewn i gwmwl o *frizz*. Ac yna o'n i'n starfio gan bo hi'n amser brecwast, felly es i i brynu *croissant* a choffi nath gostio £15. Sgam.

Er gweatha hyn i gyd, ces i lun da ohona i'n eistedd wrth y ffynnon yn Trafalgar Square – dwi'n edrych yn naturiol er 'mod i'n edrych o 'nghwmpas bob dwy eiliad rhag ofn i rywun ddwyn y ffôn. Ces i gwpwl tu fas i'r theatr yn y West End ac yn Covent Garden hefyd.

Dwi'n penderfynu uwchlwytho'r lluniau gore gyda'r capsiwn 'Living the London Life'. Mae'r lluniau'n edrych yn grêt. Mae haul cynnar Llundain yn taflu cysgodion effeithiol, ac mae fy ngwên yn edrych yn hyderus, fel pe bai popeth yn berffaith.

Dwi'n edrych trwy 'mhostiadau dwetha. Dwi'n gwneud hyn o bryd i'w gilydd er mwyn gwirio bod fy nghynnwys yn ddigon amrywiol i gadw fy nilynwyr.

Un o'r postiadau diweddara yw llun ohona i'n y môr ym Mhenarth wrth i'r haul godi. Mae'r llun wedi'i dynnu o'r tu ôl a dwi'n gwisgo bicini ym mis ffycin Chwefror. Mae'r dŵr hyd at 'y mhengliniau, a'r awyr yn ffrwydro lliwiau oren, pinc a melyn. Teitl y post yw 'Soul Searching' #Blessed. Mae'r awyr yn hudol, a dyw fy mhen-ôl ddim yn edrych yn ffôl. Dwi 'di cael llwyth o *likes* am hwn hefyd, cannoedd o *comments* sy'n dweud pethe fel 'Queen' a 'Goals'.

Ro'n i'n y dŵr am lai na munud; ryw 47 eiliad ar y mwya. O'n i'n dal fy anadl, fy nghroen yn pricio fel pinnau a nodwyddau a 'nghalon yn carlamu. O'dd y môr fel iâ, o'n i'n ffycin rhewi, o'n i'n siŵr 'mod i mynd i ddod mas o'r môr 'na heb fy nghoes chwith a sawl bys troed. Ond mae'r llun yn edrych yn epic felly o'dd e werth e, ac mae'r *likes* yn cadarnhau 'ny 'fyd.

Wedyn mae ril ohona i mas ym Manceinion gyda chriw'r coleg a lluniau ohona i'n byw fy *best life* yn yfed shots a coctêls mewn amrywiaeth o fars *high end*. A dweud y gwir, naethon ni dreulio rhan fwya'r noson yn joio yn un o'n hoff dafarnau fel myfyrwyr gyda seddi llaith a lloriau gludog. Ond wrth gwrs, does dim lluniau o'r rhan yna o'r noson.

Dwi'n edrych fel petawn i'n cael yr amser gore'n y byd, ond o'dd rhan ohona i'n teimlo'n drist bod 'nôl 'na. O'n i methu peidio â meddwl ai dyma be fydde'r Saffi ifanc un ar hugain oed yn disgwyl bydden i'n ei neud yn fy nhridegau? Byw mewn *houseshare* o hyd 'nôl yng Nghaerdydd ac yn gweithio mewn swydd sy'n lladd enaid mewn cwmni yswiriant?

Mae'r lluniau o Milan yn rhoi gobaith i fi. Dwi methu aros nes alla i neud hyn fel swydd lawn amser, a byddwn i'n gallu gadael y lle 'ma; gweld gwledydd eraill a chymdeithasu 'da phobl cŵl, cyfoethog a golygus. Dwi'n meddwl bydde'r Saffi ifanc yn falch o 'na, a falle bydd y 2:2 'na mewn Daearyddiaeth yn dod yn handi wrth deithio'r byd.

ALYS

Dwi'n brysur yn paratoi ar gyfer mynd 'nôl ac yn edrych ar fy nghynlluniau gwaith. Dwi'n poeni bydda i wedi anghofio sut i neud fy swydd. Beth os bydd y plant yn casáu fi?

Alla i ddim siarad 'da Daf am hyn heno, mae e'n gorwedd ar y soffa'n edrych fel ei fod wedi ei dynnu mewn i'w feddyliau. Mae'n amlwg ei fod e angen bod ar ei ben ei hun.

Dwi'n paratoi bag bach Cadi ar gyfer y feithrinfa, rhoi dillad sbâr a napis ynddo. Mae popeth yn edrych mor fach yn sydyn. Dwi'n sicrhau bod ei henw ar bob dim. Does 'na ddim byd gwaeth na dillad dienw pan ti'n gweithio gyda phlant. Mae'r weithred fach yma'n neud i fi deimlo am funud 'mod i'n neud job iawn fel mam. Dwi ddim yn cael y teimlad yma'n aml iawn o gwbl.

Ac yna, mae'r amheuon i gyd yn dechrau dod 'nôl. Beth os bydda i'n methu cael Cadi'n barod mewn pryd i fynd â hi i'r feithrinfa? Beth os na fydd hi'n setlo? Dwi'n cael neges gan Elina. Sgwn i pam bo hi'n cysylltu 'da fi? Mae'n gofyn os dwi isie cwrdd ddydd Sadwrn. Pam bydde rhywun fel hi isie cwrdd â rhywun fel fi? Dwi'n siŵr bo 'da hi lwyth o ffrindie, pobl cŵl, difyr ac ychydig bach yn *edgy* o'r cyfryngau sy'n gwisgo dillad drud unigryw ac yn mynd i glybiau nos ecscliwsif.

Dwi'n swil ac yn lletchwith. Y math o berson sy'n meddwl am bethe'n ormodol ac wedyn yn ymarfer atebion sgwrs pan dwi'n mynd i'r tŷ bach. Dwi wedi teimlo fel 'extra' ym mywyd pawb ers yr ysgol gynradd. Y cymeriad yn y cefndir mewn sitcom sydd heb gredit ar ddiwedd y rhaglen. Doedd dim hyd yn oed llawer o ffrindie iawn 'da fi'n y brifysgol, a sdim lot o bobl dwi'n dod mlân gyda nhw'n y gwaith.

Saffi yw'r unig ffrind iawn sydd yr un oed â fi dwi 'di'i gael erioed, a Daf, wrth gwrs. Dwi'n hoffi cwmni fi fy hun. Ond gyda Daf fel mae e, a Saffi wedi mynd AWOL, mae'n neud i fi feddwl y bydde fe'n neis i gael ffrind arall. Mae hi wastad yn haws bod mas o'r tŷ 'ma.

> **Alys:** Hia Elina, diolch dwi'n rili nerfus! Gobeithio bo ti'n cadw'n iawn? Bysen i'n dwli cwrdd. Edrych mlân!! X

Dwi'n cael pang o ansicrwydd nawr. Beth os na fydd digon 'da fi i'w ddweud wrthi?

Sai 'di clywed oddi wrth Saffi drwy'r penwythnos. Dwi'n siŵr bo hi'n rhoi'r *silent treatment* i fi eto i ddangos bo hi'n grac 'da fi. Falle ei bod hi'n meddwl 'mod i'n berson rili diflas ac yn fam *useless* sy'n methu delio gyda fy mhlentyn. Dwi'n trio unwaith eto:

> **Alys:** Hia, mor sori os dwi wedi ypsetio ti, plis paid anwybyddu fi, ti mor bwysig i fi xx

Mae fy meddwl i'n rasio rhwng popeth, ac mae fy nerfau'n saethu fel trydan trwy fy nghorff. Dwi'n teimlo'n fyr fy anadl fel bod *panic attack* yn dod. Mae 'na ychydig o win ar ôl, jest digon am un neu ddau wydraid bach, i helpu setlo pethe. Dwi ddim isie meddwi, dwi jest angen rhywbeth bach i helpu fi i ymlacio. Neith les i fi, os rhywbeth, bydd yn helpu fi i gysgu a ffocysu'n well fory. Dwi'n tywallt gwydraid i'n hunan a dwi'n teimlo'n well yn barod.

Pennod 6

ALYS

'Bore da, Alys. Croeso 'nôl, mae'n braf iawn dy weld di. Mae'r rhieni a'r plant wedi bod yn gofyn amdanat ti,' mae Owain y pennaeth yn dweud wrth fy nghroesawu'n gynnes, sy'n lleddfu'r nerfau rhywfaint. Dwi'n sefyll yn y dderbynfa ac yn gweld rhai o'r staff yn cerdded heibio ac maen nhw'n gwenu'n gwrtais ac yn codi llaw. Rhaid fod pawb yn teimlo o dan bwysau peth cynta ar fore dydd Llun.

'Diolch, o'n i wedi gobeithio dod yn gynt, ond erbyn i fi sortio Cadi bore 'ma ath hi ychydig yn hwyr arna i'n gadael, mae arna i ofn,' dwi'n dweud gan ymddiheuro.

'Paid â phoeni o gwbl, Alys fach, rwyt ti dal yma mewn da bryd. Dere 'da fi, wna i dy hebrwng i dy stafell ddosbarth.' Dwi'n cofio'n iawn lle mae fy nosbarth i, wrth gwrs, ond mae'n braf cael fy arwain. Tybed ai dyma sut mae Owain yn croesawu gwesteion i'w gartref?

Dwi'n cerdded gydag e i lawr y coridor ac yn dweud 'bore da' wrth ambell gyd-weithiwr ar y ffordd. Dwi'n derbyn ambell i 'helo' a 'chroeso nôl'.

'Sut wyt ti'n teimlo, Alys? Teimladau cymysg mae'n siŵr...' mae Owain yn gofyn fel petai wedi darllen fy meddwl i. 'Mae'n anodd iawn i adael babi yn y feithrinfa am y tro cyntaf, ti'n gwneud yn dda.' Mae clywed hynny'n gwneud i mi deimlo braidd yn emosiynol. Doedd Cadi ddim yn edrych yn hapus yn mynd mewn i'r feithrinfa bore 'ma, ac roedd yn rhaid i fi adael yn gyflym i gyrraedd y gwaith ar amser. Mae ton o euogrwydd yn llifo drosta i.

'Ydi, o'dd e ychydig yn rhyfedd, ond dwi'n edrych mlân at yfed paned boeth amser chwarae!' dwi'n chwerthin, yn ceisio ysgafnhau'r sgwrs gan bo fi wir ddim isie llefen bore 'ma.

'Mae'n ddrwg 'da fi ddweud, ond ti ar ddyletswydd iard bore 'ma.' Mae 'nghalon i'n suddo. 'A'r newyddion drwg yw ein bod ni wedi newid y drefn, felly mae pwy bynnag sydd ar ddyletswydd yn y bore ar ddyletswydd cinio ac amser chwarae prynhawn ar yr un diwrnod yn ogystal...' Ffor ffyc sêcs, ga i ddim paned na brêc drwy'r dydd. 'Ond... mantais hynny yw, bydd dim rhaid i ti wneud dyletswydd arall drwy'r wythnos.' Briliant.

'O, ocê 'te, dim problem,' dwi'n ymateb. *Just my luck*.

Ni'n cyrraedd y stafell ddosbarth, sydd wedi cael ei thrawsnewid yn llwyr gan yr athrawes gyflenwi oedd yma yn fy lle i. Alla i ddweud yn syth ei bod hi'n ifanc, brwdfrydig a mwy na thebyg yn ddi-blant ac yn medru rhoi oriau o'i hamser ac egni i'r swydd. Dyna sut o'n i'n arfer bod. Mae 'na blanhigion ym mhob cornel a goleuadau bach a lampiau atmosfferig, deunyddiau naturiol a lot o hesian ym mhobman. Mae'n edrych yn hyfryd, chwarae teg.

Mae Owain yn sôn wrtha i am ambell ddisgybl bregus yn y dosbarth a rhai trefniadau *housekeeping* sydd wedi newid dros y misoedd dwetha. Dwi'n gwrando ac yn tynnu fy nghot ac ymgartrefu wrth iddo siarad.

'Iawn, dyna ni, dwi'n meddwl...' mae'n dweud. 'Cofia, cymer un dydd ar y tro,' mae'n ychwanegu gyda gwên gynnes.

Dwi'n logio mewn i'r cyfrifiadur ac yn ceisio dod o hyd i'm cynlluniau gwaith ar gyfer heddi; dwi 'di mynd yn hollol blanc a dwi ddim yn cofio beth dwi 'di gynllunio, er bo fi 'di edrych dros bopeth neithiwr. Mae'r gloch yn canu, mae'r plant ar fin dod i mewn a sai'n barod o gwbl.

Mae 'na ddyn ifanc yn ymddangos ac mae'n cyfarch fi gyda 'Yo!'

'O, bore da, Mrs Llywelyn... Alys ydw i, pwy wyt ti?' dwi'n gofyn.

'Haia! Cai Williams i fi, TA y dosbarth.' Dwedodd Owain fod cymhorthydd yn y dosbarth, ond do'n i ddim yn sylweddoli bod e mor ifanc â hyn. Mae'n siŵr bod e'n gwybod beth mae fe'n neud neu bydde Owain ddim wedi ei gyflogi fe.

'Neis i gwrdd â ti. Pa fath o ddosbarth ydyn nhw? Dwi'n clywed eu bod nhw'n eitha anodd...'

'Na, ma nhw'n lysh, chwarae teg, lejynds.' Mae e i weld yn foi *laid back* iawn, falle jest beth sydd ei angen arna i, rhywun i chillo fi mas.

'Grêt, edrych mlân,' dwi'n dweud gan deimlo'n ansicr iawn.

Mae Mr Williams yn mynd i sefyll wrth y drws i gyfarch y plant. Mae'n rhoi ffist bymp i bob un wrth iddynt ddod trwy'r drws ac yn dweud pethe fel 'Yo, shw' mae, bro?' wrthynt ac maen nhw'n gwenu ac yn sgwrsio gyda fe fel petaen nhw'n ffrindie gore. Dwi'n sefyll wrth ei ymyl ac yn dweud mewn llais mor fywiog â phosib, 'Bore da, Mrs Llywelyn dwi, pwy wyt ti?' wrth bob disgybl wrth iddynt fy mhasio, ond maen nhw'n cerdded heibio fi'n ddi-hid. Dwi'n teimlo fel nad oes lle i fi'n y dosbarth 'ma yn barod.

Maen nhw'n eistedd ar y carped a dwi'n trio dysgu eu henwau; mae fy *baby-brain* yn amlygu ei hun a dwi'n cael trafferth cofio pwy yw pwy. Mae 'na dair Megan yn y dosbarth, pob un wedi ei sillafu mewn ffordd wahanol – Meghan, Meganne a Meigan, ond dim un y ffordd draddodiadol. Dwi'n drysu'n llwyr rhwng Molly Rose a Mali Rose ac mae gwallt melyn gan y ddwy. Ac mae 'na Dewi sydd ddim yn fodlon derbyn y ffordd Gymreig o ddweud ei enw – ces i gyfarwyddiadau pendant gan Mr Williams mai NID Dewi yw ei enw ac alla i plis ei alw yn *Due-Wee*.

Dwi newydd ddod 'nôl o'm dyletswydd iard; mae'r plant i gyd isie rhywbeth, cwyno am bethe neu wedi brifo, ac mae 'mhen i'n troi. Dwi'n dal heb gael cyfle i dynnu fy nghot, a dwi'n trio rhoi sylw i blentyn sy'n strancio oherwydd ei fod wedi colli pluen fach o'dd yn ei boced wrth i bum plentyn arall geisio dweud pethe wrtha i ar yr un pryd.

'Paned i chi, Mrs Llywelyn, coffi gwyn dim siwgr, os dwi 'di cofio'n iawn.' Mae Owain yn estyn paned boeth i mi mewn fflasg, fel angel yn dod o'r nefoedd. Dyma'r peth neisaf mae unrhyw un wedi'i neud i fi ers amser hir. Mae e ryw bymtheg mlynedd yn hŷn na fi, ac mor ofalgar ohona i, do'n i ddim yn sylweddoli faint o'n i'n hiraethu am rywun yn rhoi gofal i mi.

'Cer i gael pum munud bach, Alys,' mae'n sibrwd wrtha i, wna i gymryd y dosbarth.' Gallen i fod wedi llefen.

* * *

Mae'r gloch ola wedi canu ac mae'r plant wedi gadael. Mae'n rhaid i mi adael yn gynt na hoffen i er mwyn mynd i nôl Cadi o'r feithrinfa achos dwi'n awyddus i siarad gyda nhw a gweld sut aeth ei diwrnod cyntaf. Dwi ddim yn gallu ymddiried yng nghof Daf gyda phethe fel'na.

Dwi'n gyrru tuag at feithrinfa Traed Bach ac yn dal i feddwl am garedigrwydd Owain heddi. Mae ei wraig a'i blant mor lwcus i'w gael e...

Dwi'n cnocio ar ddrws y feithrinfa. Mae 'Anti Becki' yn ateb y drws ac mae'n dweud yn wên i gyd 'Hello, Mum,' sy'n neud i fi deimlo'n rhyfedd achos dwi 'di bod yn Mrs Llywelyn drwy'r dydd a nawr dwi'n 'Mum'. Pryd ga i fod yn Alys?

'Cadi has had a really happy day, she's settled in so well.' Mae hyn yn teimlo'n *too good to be true,* braidd. Pam bo hi'n hapus yng ngofal pobl eraill ond mor anodd gartre? Neith hi ddim hyd yn oed gadael i fi newid ei napi heb strancio. Ddwedon nhw bo hi wedi bwyta ei chinio i gyd – dyw hynny byth yn digwydd gartre chwaith. Er 'mod i mor falch ei bod hi wedi cael diwrnod da, dwi methu peidio meddwl be dwi'n neud yn anghywir. Ife fi yw e?

Ni'n cyrraedd gartre ac mae Daf wedi bod yn neud bach mwy o baby-prŵffio yn y tŷ, fel nath e addo, sydd hefyd yn anodd i'w gredu, ond *credit where credit's due.* Dwi'n checio Instagram i weld os yw Saffi wedi bod ar-lein. Mae hi 'di bod yn Llundain! Dyw hi ddim yn dweud unrhyw beth wrtha i rhagor.

Pennod 7

ELINA

Dwi 'di trefnu i gyfarfod Alys mewn iard bwyd a diod gyfagos. Ma 'na stondinau bwyd stryd, llefydd coffi bach neis a bar. Dwi wrth fy modd yma, ma'r naws mor hyfryd, ma'n llawn pobl leol, byrdda pren hir, goleuadau bach yn hongian uwchben a cherddoriaeth ysgafn yn chwara'n y cefndir.

Dwi ar amsar ond dydi Alys ddim yma eto. Dwi'n dewis mainc yng nghanol yr iard fel ei bod yn medru'n gweld ni pan fydd hi'n cyrraedd.

Dwi'n teimlo chydig yn rhyfedd, fatha 'mod i'n aros am ddêt. Ma hi'n cerdded yn frysiog tuag ata i fel tase hi 'di rhuthro yma, bechod, ac ma Cadi'n y bygi. Ma hi'n ymddiheuro ei bod hi'n hwyr a dwi'n deud wrthi am beidio â phoeni o gwbl, ond mae hi'n ymddiheuro eto. Yna, 'dan ni'n mynd i nôl coffi yr un.

Ma'r sgwrs yn ara i ddechra, ond yna 'dan ni'n dechra siarad am sut naethon ni roi genedigaeth – mi gafodd hi *induction* a *foreceps*, sy'n neud i fi deimlo mor ddiolchgar am yr enedigaeth ges i, adra mewn pwll geni. Naethon ni sgwrsio am fronfwydo, egspresio, bwydo efo potel, cymharu brandia clytia, a'r pŵs gwaetha 'dan ni 'di 'u gweld erioed!

Ma hi'n dda iawn am wrando – 'nes i fwydro am 'y mywyd i ac ella 'nes i ddeud gormod, ond o'n i'n teimlo mor saff efo hi. O'dd well genna i ddeud yn onast be ddigwyddodd efo Gwyn, ac wedyn y sefyllfa efo fi a Tom, a chael Mabon drwy IVF. O'dd hi'n anodd peidio â sôn, a deud y gwir, gan fod rhaid i mi ddeud 'mod i'n magu Mabon fwy neu lai ar fy mhen fy hun. O'dd hi mor neis am y peth, ddo, o'dd hi'n hyfryd siarad efo rhywun *genuine* a chlên. Ac mae hi 'di colli ei mam yn ddiweddar, bechod, fedra i ddim dychmygu.

Wrth i ni orffan ein coffi, ma Cadi'n dechra aflonyddu, ma hi'n siglo ei choesau a chodi sŵn a chwyno. Ma Alys yn ei chodi allan o'r bygi ac yn ei bownsio i fyny ac i lawr. Ma hi'n rhoi *breadstick* iddi ond ma Cadi'n ei daflu ar lawr; ma hi'n trio rhoi cacen reis iddi, ond ma hi'n taflu honno hefyd.

'Mae hi'n flinedig,' medda Alys, gan edrych yn rhwystredig. 'Dwi'n ceisio neud popeth yn iawn,' mae'n deud yn dawel, 'ond mae'n teimlo fel bod pawb arall yn gwybod be maen nhw'n neud, a dwi ddim o gwbl.'

Dwi'n teimlo rwbath yn newid rhyngon ni. 'Ti'n gwbod be,' dwi'n deud, 'dwi'n meddwl bo pawb yn teimlo fel'na, ond 'di pawb ddim isio cyfadda.'

Yna ma Mabon yn dechra crio hefyd, ac ma'r ddwy ohonon ni'n sbio ar ein gilydd a chwerthin ar y *chaos* llwyr.

'Dwi'n meddwl ella bo hi'n amser i ni fynd,' dwi'n cynnig, ac mae Alys yn cytuno.

'Dan ni'n cerdded efo'n gilydd 'nes bo'n rhaid i ni fynd i gyfeiriada gwahanol. Wrth i ni ffarwelio mae ffôn Alys yn gneud sŵn ac ma hi'n sbio arno fo.

‘Diolch byth,’ ma’n deud, ‘sori, mae fy ffrind i ’di tecstio ’nôl o’r diwedd. O’n i’n meddwl bo hi’n grac ’da fi...’

‘Go iawn? Does dim byd gwaeth nag aros am decst pam bo chdi rili isio i rywun ymateb, nagoes? Cei ’di ddeud yr hanes wrtha i tro nesa,’ dwi’n deud wrthi cyn rhoi hyg iddi a cherdded am adra. Dwi’n edrych mlaen at weld Alys eto.

Pennod 8

SAFFI

Mae 'di bod dros bythefnos erbyn hyn, a dal dim byd gan Rhod. 'Nes i decstio fe eto neithiwr, falle do'dd e ddim yn teimlo bod angen ymateb i'r neges ddiwetha. Dwedes i:

> **Saffi:** Hia, nes i fynd heibio Clwb y Lleuad ar fy run i bore 'ma, ac o'n i'n meddwl amdanat ti. Sut wyt ti? Falle gallwn ni fynd am ddrinc bach arall rhywbryd? S x

Dwi jest ddim yn gwybod be 'nes i o'i le? Dwi 'di meddwl dros pob manylyn o'r noson, a dwi'n checio fy ffôn lot rhy aml. Dwi 'di bod yn trio cadw'n brysur er mwyn cadw fy hun yn *sane* drwy weithio ar gael *deals* gyda brandiau, a dwi 'di neud ambell hysbyseb sydd wedi ennill arian iawn i fi. Ond mae Rhod dal yng nghefn fy meddwl i ac yn neud i fi deimlo'n ansicr o fy hun. Mae'r gorfeddwl yn 'y mlino i – dwi ddim yn teimlo fel fi fy hun o gwbl. Ro'n i mor siŵr ei fod e'n hoffi fi a bydden ni'n gweld ein gilydd eto.

'Nes i orfod ffonio mewn yn sâl heddi. Maen nhw wedi cael gair gyda fi'n barod am fy mhresenoldeb, un o'r sgyrsiau 'na lle roedden nhw'n esgus eu bod yn 'poeni' amdana i, ond rili be o'n nhw'n golygu oedd 'byddi di'n mynd ar y camau disgyblu os wyt ti'n colli diwrnod arall'. Ond dwi 'di bod mor brysur, rhwng Milan a'r holl *anxiety* am Rhod, a *frankly*, o'n i angen diwrnod yn y gwely yn gwylio True Crime. Doedd y bòs ddim yn hapus, ond *who gives a shit*? Bydda i'n gadael y lle cyn bo hir, ta beth. Ac mae e wastad yn rhoi 'un cyfle arall' i fi os dwi'n edrych arno fe'n y ffordd iawn. Mae'n ddoniol mewn ffordd drist. Dwi 'di dysgu fod sgiliau a gallu'n bethe da, ond mae llawer mwy o bŵer mewn bod yn ddeniadol cyn belled â bod dynion yn y cwestiwn.

Er 'mod i 'di bod adre drwy'r dydd, dwi'n dal ddim yn teimlo'n well o gwbl, yn waeth os rhywbeth, a dwi 'di colli fy chwant bwyd yn llwyr. Dwi'n penderfynu gŵglo fy symptomau mas o ddiddordeb.

Symptoms: Nausea, fatigue, loss of apetite, headache, insomnia
Possible causes: Influenza, Gastroentertitis, Pregnancy

Pregnancy. Na, dyw e ddim yn bosib, oedden ni'n ofalus. O'n ni? Naethon ni e sawl gwaith, ac o'n i wedi bod yn yfed. O'n ni'n hollol ofalus bob tro? Beth yw'r dyddiad? Dwi'n edrych ar y calendr ar fy ffôn. Ro'dd fy mislif i'n due dau ddiwrnod yn ôl. Shit.

Dwi'n gwisgo fy nghot hir frown dros fy mhyjamas, rhoi'r hwd lan, ac yn cerdded yn gyflym drwy'r glaw i'r Tesco bach i brynu prawf. Dwi'n teimlo fel bod fy enaid wedi gadael fy nghorff a 'mod i'n gwylio fy hun o uwch ben. Na, dyw hyn ddim yn real.

Dim ond tri *one night stand* dwi 'di'u cael yn fy mywyd, ac roedd y ddau ddwetha pan o'n i'n llawer iau. Pan dwi'n gweld pobl am gyfnod, dwi'n mynd ar y pil, ond dwi'n casáu'r ffordd mae'n gwneud i fi deimlo a dwi ddim yn gweld y pwynt o roi hormons diangen yn fy nghorff os nad ydw i'n cael rhyw yn rheolaidd. Mae'n amlwg 'mod i mas o bractis a dwi'n cicio fy hun gymaint! *For fuck's sakes*!

Dwi'n cerdded adre mor gyflym ag y galla i. Dwi'n rhedeg lan stâr a mynd i'r tŷ bach. Dwi'n neud y prawf ac aros. Dyma tair munud hiraf fy mywyd. Dwi'n cerdded 'nôl a mlân o gwmpas fy stafell wely, does neb arall yma diolch byth. Alla i ddim aros yn llonydd.

Dwi'n checio'r canlyniad. Positif.

Mae'n blydi positif.

Ffyc!!

Dwi'n nabod pobl sy 'di trio am flynyddoedd am fabi a dwi'n cael un noson wyllt 'da dieithryn, a dwi'n blydi disgwyl!

Dwi ddim yn gwybod beth i'w ddweud. A ddylen i ddweud wrtho fe bo rhaid i fi siarad gyda fe? Neu roi'r cyfle iddo fe ofyn os gawn ni gwrdd?

Dwi'n agor fy negeseuon, a dwi'n teimlo cywilydd fod 'na ddwy neges yna'n barod gyda dau dic glas a dim ymateb. Dwi'n gwybod dylen i anfon neges arall, ond beth os nad yw e'n ymateb eto?

Dwi'n teipio neges:

> **Saffi:** Hia Rhod, mae'n rhaid i fi siarad gyda ti, rho wybod pryd ti'n gallu cwrdd. 'Nes i rili joio'r noson 'da ti, gobeithio nest ti 'fyd. Saffi Akintola x

Dwi'n i'n meddwl bo honna'n neges dda, bach yn *flirty* er mwyn rhoi'r cyfle iddo fe ddod 'nôl at rywbeth neis, ond hefyd yn syth i'r pwynt achos dwi rili angen siarad 'da fe. Dwi'n sylwi bod e wedi bod ar-lein deg munud yn ôl. Pwy o'dd e wrthi'n tecstio pan o'n i'n neud y prawf? Dwi'n dechrau teimlo'n ofnadwy eto ac mae dagrau'n dod i'n llygaid i.

Dwi ddim yn mynd i anfon y neges, dim nawr.

Dwi angen rhywun i siarad gyda nhw, falle wna i ffonio'n chwaer… dwi'n mynd i bwyso ar ei henw, ond mae 'mhen i'n troi.

Na, dim ond un person dwi isie gweld nawr.

ALYS

Mae 'di cymryd rhyw dair wythnos, ond dwi'n dechrau teimlo fel bod pethe dan reolaeth, adre ac yn y gwaith. Mae Cadi'n cysgu'n wyrthiol o gynnar, iddi hi. Serch hynny, aeth hi ddim lawr heb ffeit. Mae Daf yn y gwely er bod hi mond yn saith, a dwi ar fin arllwys gwydraid o win i fi fy hun i ddathlu fy niwrnod. 'Nes i lwyddo i gael plant y dosbarth i neud eu tasgau heddi heb ormod o ffwdan.

Daw cnoc ar y drws.

Pwy ar wyneb daear fydde'n galw'r amser hyn o'r nos? Dwi'n rhoi'r botel 'nôl yn y ffrij ac yn mynd i weld.

'Saffi?'

'Alys… Alys, plis ga i ddod mewn? Dwi ddim yn gwbod at bwy i droi.'

Dwi mor falch o'i gweld hi ond mae hyn yn annisgwyl. Mae cael ymwelydd heb rybudd yr amser hyn o'r nos pan mae gen i waith fory yn neud i fi deimlo bach o banic, ond dyw pethe fel hyn ddim yn croesi meddwl Saffi. Dwi wedi troi'n un o'r mamau 'na sy'n teimlo atgasedd greddfol at bobl sy'n galw heb rybudd. Oes gen i'r egni i wrando?

Dwi'n meddalu, ac yn dechrau teimlo drosti pan dwi'n sylwi ei bod hi wedi bod yn llefen. Mae hi'n gwisgo tracwisg, mae ei gwallt mewn pentwr ar dop ei phen, a does dim sgrap o golur ar ei hwyneb. Mae'n amlwg fod rhywbeth ddim yn iawn o gwbl.

'Wrth gwrs, dere mewn.'

Dwi'n estyn mas a rhoi cwtsh mawr iddi.

Dwi'n codi teganau Cadi oddi ar y soffa ac yn twtio ychydig o gwmpas y stafell fyw, ond dwi ddim yn meddwl ei bod hi 'di sylwi ar y blerwch. 'Ti isie diod? Paned? Sudd afal? Gwin?' dwi'n gofyn. Dwi'n gobeithio neith hi ddweud ei bod hi isie gwin fel bod esgus 'da fi i gael un hefyd.

'Dim diolch.' Mae'n dechrau llefen a dwi'n eistedd wrth ei hymyl ar y soffa gan gael y teimlad ei bod hi'n mynd i fod yn noson hwyr.

'Saffi, ti'n iawn? Be sy'n bod?'

'Dwi methu credu e Alys... dwi'n disgwyl,' mae'n dweud wrth edrych arna i.

'Disgwyl beth?' dwi'n gofyn yn ddifeddwl.

'Babi. Dwi'n disgwyl babi.' Mae hi'n edrych i ffwrdd ac yn rhoi ei dwylo dros ei hwyneb.

Dwi mewn sioc. Er, wedi dweud hynny, mae Saffi wedi neud pethe mor fyrbwyll yn ystod ei bywyd, dyw e ddim yn syndod llwyr. Dwi'n cofio'r amser nath hi snogio merch mewn parti pan o'n ni'n 16 ac wedyn yn dweud wrth bawb ei bod hi'n lesbian, jest i droi pennau'r bechgyn – ac wrth gwrs, llwyddodd hi. Ond alla i weld nad perfformiad yw hwn.

Mae'n dweud wrtha i am Rhod. Dwi ddim yn siŵr beth i'w feddwl. Mae'n swnio fel ei fod e wedi swyno Saffi, sy'n anarferol iawn. Dyw hi ddim yn cwympo am bobl yn hawdd dyddie 'ma. Ond mae dynion sydd ddim yn ateb tecsts yn neud fi'n ddrwgdybus. Dyw hi ddim yn cymryd lot i sgwennu neges.

Be ti'n mynd i neud?

Dwi'n credu 'mod i'n gwybod yr ateb yn barod.

'Honestly, sai'n gwybod. Sai erioed 'di teimlo 'mod i isie plant, ma 'da fi plan pum mlynedd sydd ddim yn cynnwys bod yn fam. Ma cymaint dwi isie neud...'

'So, ti'n mynd i gael gwared ohono fe?' dwi'n gofyn, yna dwi'n difaru ac yn poeni bod e'n gwestiwn ansensitif.

'Ydw, dwi'n meddwl... dyna'r peth synhwyrol i'w neud, yndyfe. Ond...' Mae'n edrych i lawr ar ei dwylo. 'Ma 'na ran fach ohona i ddim yn siŵr beth i'w neud...' mae'n dweud yn dawel. 'Ma angen i fi feddwl am y peth yn iawn. Ar hyn o bryd dwi mewn gymaint o sioc alla i ddim...' Mae'n edrych fel bod ei meddwl dros y lle i gyd a'i bod heb gysgu ers wythnose. Mae'n gragen o berson o'i chymharu â'r Saffi fywiog, benstiff a hunanhyderus dwi 'di ei nabod ers amser mor hir.

Dwi'n pwyso mlân ac yn dal ei dwylo wrth edrych i fyw ei llygaid.

'Wel, dwi am i ti wybod, beth bynnag wyt ti'n penderfynu, bydda i'n dy gefnogi di, a bydda i yma i ti...'

'Diolch, Alys.' Mae 'na rywbeth am y ffordd mae hi'n dweud y geiriau hyn – mae fel petai'r ddwy ohonon ni'n teimlo fod pethe'n dechrau mynd 'nôl i sut oedden nhw'n yr hen ddyddie, cyn i bethe newid rhyngon ni.

'Wyt ti'n gwbod ei gyfenw?' dwi'n holi. 'Falle gallwn ni ffeindio fe ar Facebook neu rwbeth.'

'Na, 'nes i ddim gofyn, a dwi 'di penderfynu bo fi ddim isie iddo fe wybod ta beth, ddim eto, ddim nes bo fi 'di neud penderfyniad.'

Dwi'n cofio 'nôl i'r adeg pan nath Saffi fy nghysuro i ar ôl torri lan gyda fy nghariad cynta'n y Chweched Dosbarth. Nath hi roi *makeover* i fi a neud i fi fynd i *house party* un o'r bechgyn o'r flwyddyn uwchben, gan wybod yn iawn y bydde fy nghyn-gariad yno. Ddwedodd hi bydde fe'n fy ngweld i gyda'r holl golur ar fy wyneb, y top yn dangos *cleavage* a'r sodlau uchel, ac isie fi 'nôl yn syth. Wrth gwrs, doedd e ddim isie fi 'nôl, felly yfes i lot gormod o Peach Schnapps a chwydu ym mhob man. Ond roedd Saffi yna gyda fi drwyddo fe i gyd, yn dal fy ngwallt mas o'r chŵd, ac yn dweud wrtha i'n dyner 'ei golled e' a 'bydd e'n difaru un diwrnod'. Falle nad oedd ei chyngor yn arbennig o gall, o'dd y ddwy ohonon ni'n 17 oed, ond roedd hi yna i fi, ac o'dd hynny'n fwy na digon.

'Wyt ti wedi cael swper?' dwi'n holi.

'Naddo.'

'Felly, y penderfyniad cynta sy'n rhaid i ti ei neud yw os wyt ti isie i fi neud brechdan neu toastie i ti?' dwi'n gofyn er mwyn trio ysgafnhau'r awyrgylch.

Dyw hi ddim yn ateb. 'Bydde dy fam yn gwbod beth i neud, yn bydde hi? Dwi'n gweld isie hi lot ti'n gwbod...' mae'n dweud yn dawel.

Mae hyn yn ergyd annisgwyl, a gydag emosiynau'n uchel yn barod, dwi'n teimlo lwmp yn fy ngwddf.

'Bydde hi'n bendant yn dewis toastie,' dwi'n dweud gan wenu a dal y dagrau 'nôl.

'Toastie caws a ham, os gwelwch yn dda!' mae'n dweud gyda gwên, a dwi'n falch 'mod i wedi llwyddo i godi ei chalon.

'Cei di fath wedyn, os ti moyn. Wyt ti isie aros fan hyn heno? Bydd rhaid i fi fynd i'r gwaith yn y bore, ond ma croeso i ti aros 'ma.'

Mae hi'n cytuno i aros. Dwi'n teimlo braidd yn annifyr am y newid mewn rwtîn, yn enwedig ar noson ysgol, ond alla i ddim ei gweld hi'n mynd 'nôl i'r tŷ 'na heno ar ei phen ei hun. Mae'n neud i mi werthfawrogi fy mywyd i. Er fod pethe ddim fel o'n nhw rhwng Daf a fi, a Cadi mor anodd ar adegau, dwi ddim yn gwybod beth fydden i'n neud hebddyn nhw. Alla i ddim dychmygu bod ar fy mhen fy hun.

Pennod 9

SAFFI

Dwi'n deffro'n gynnar iawn yn nhŷ Alys ond serch 'ny ces i well cwsg na ches i neithiwr. Dwi'n teimlo'n well ar ôl bwyta ac yn ysgafnach ar ôl dweud wrth rywun. Mae'n teimlo'n neis bod yn agos at Alys eto. Dyma sut oedd yr *hen* Alys – caredig ac empathetig fel ei mam. Mae'n sicr yn haws i siarad 'da hi pan dyw hi ddim gyda Cadi.

Dwi'n mynd lawr stâr ac mae Alys a Cadi wedi codi a gwisgo. Mae Alys yn edrych yn neis, mae hi'n gwisgo ffrog flodeuog a theits du, *heels*, ac mae hi'n gwisgo lipstic 'fyd. Dwi heb ei gweld yn gwisgo colur ers sbel hir. Rhaid bo hi 'di bod ar ei thraed ers tua pump. Mae bod 'nôl yn y gwaith yn dda iddi – mae'n athrawes wych, mae'n debyg. Galla i ddychmygu ei bod hi, mae hi'n drefnus iawn ac mae ganddi ddisgwyliadau uchel iawn o bobl eraill ac ohoni hi ei hun. Ac mae ganddi yffach o *resting bitch face*!

Mae'n rhoi brecwast i Cadi'n y gadair uchel o flaen y teledu.

'Dyw Cadi ddim o flaen sgrin drwy'r amser, dwi'n addo!' mae Alys yn dweud braidd yn amddiffynnol – rhaid 'mod i'n syllu arni gyda golwg ryfedd ar fy wyneb.

'Dwi ddim yn barnu ti, Alys. Sdim cliw 'da fi sut i fagu plentyn. Ti'n edrych fel bo ti'n neud job dda iawn i fi.'

'Diolch. Ma hwnna'n golygu lot,' mae'n dweud, a galla i weld ei bod hi'n dal ei hun ychydig yn fwy hyderus nawr. Mae hi wastad wedi bod yn *amazing* am neud popeth ond dwi'n siŵr bod magu plentyn mor anodd, hyd yn oed i *genius* fel hi.

'Mae'n dwli ar y rhaglen 'ma, *Pili Pala.* Alla i ddim godde llais y Sara Mai 'ma, yn enwedig yr amser hyn o'r bore!'

Dwi'n edrych ar y teledu. Alla i ddim credu be dwi'n gweld.

'Rhod!'

'Beth?'

'Rhod yw hwnna, y dyn 'na ar y teledu!' Mae fy stumog i'n teimlo fel petawn i'n mynd yn rhy uchel ar siglen.

'Nage, Gwyn Ross yw ei enw fe. Ma'n cyflwyno lot o raglenni plant, a weithie mae e ar bethe eraill 'fyd, fel *Gôl*. Ti'n bownd o fod wedi'i weld e.'

'Ydw i'n edrych fel rhywun sy'n gwylio pêl-droed? Sai 'di gwylio teledu *terrestrial* ers 2009, Alys. Rhod yw ei enw e, dwi'n hollol siŵr! Oni bai bod efaill 'da fe?'

Dwi'n estyn fy ffôn a theipio 'Gwyn Ross' mewn i Google. Mae ganddo fe broffil ar y we:

Enw llawn: Rhodri Gwyn Ross, adnabod fel Gwyn Ross

Oed: 39

Swydd: Cyflwynydd Teledu ar raglenni *Pili Pala*, *Gôl*, *Atgofion Tad-cu*

Partner: Sara Mai Hopkins

Mae enw Sara Mai yn ddolen i'w phroffil hi:

Enw llawn: Sara Mai Hopkins

Oed: 25 (dau ddeg ffycin pump?!)

Swydd: Cyflwynydd Teledu (*Pili Pala*), Actores (Theatr Golau Gwyllt), Model (wrth gwrs bo hi'n fodel!)

Mae 'na ragor o stwff ambyti ei gyrfa hi ac yn y blaen, ond dwi methu darllen mwy, dwi'n teimlo'n wan.

'*Oh my gosh*, mae hyn yn hollol anghredadwy!' mae Alys yn dweud. Dwi'n teimlo mor conffiwsd, alla i ddim credu'i fod e mewn perthynas! Dwi'n sgrolio lawr eto a gweld hysbyseb am raglen ddogfen gyda llun o Rhod yn rhoi ei fraich o amgylch canol menyw ifanc sy'n gwisgo ffrog wen ac yna'r geiriau:

> *O'r Groth i'r Crud*, rhaglen realiti am daith Gwyn Ross a Sara Mai i fod yn rhieni am y tro cyntaf, yn dechrau nos Sadwrn am 7.

Mae e'n cael babi gyda rhywun arall. Dyma ei fywyd go iawn, ei berthynas go iawn, tra 'mod i'n eistedd yma, yn cario cyfrinach all chwalu'r cyfan. Ydw i am barhau gyda'r beichiogrwydd? Mae e i gyd yn gymaint o fès. Ddylwn i ddweud wrtho fe? Neu aros yn dawel? Sdim rhyfedd bod e ddim isie cwrdd.

Ddwedodd e ddim byd am ei swydd, doedd e ddim yn siarad llawer amdano fe ei hunan o gwbl, a dweud y gwir. O'n i'n meddwl bod e'n beth da bod e'n gofyn gymaint amdana i. O'dd e'n canolbwyntio'n llwyr ar yr ochr *ymarferol* i bethe ac, a bod yn onest, o'n i'n naïf i feddwl bod e *actually* isie gweld fi eto. Ond beth oeddwn i iddo fe? Targed hawdd? *One off*? Bach o hwyl achos bo hi'n feichiog a siŵr o fod wedi blino neu'n teimlo'n sâl ac felly ddim yn cysgu 'da fe mor aml?

'Dwi 'di clywed lot o bethe gwael am y dyn 'ma, Saffi, dim dyma'r tro cynta mae e 'di twyllo... 'Nes i gwrdd â'i ex e, Elina, mewn grŵp Mami a Babi a dwi 'di bod mas gyda hi am goffi...' mae Alys yn dweud wrth godi a dechrau glanhau'r gadair uchel. 'Dim ti yw e, paid â meddwl 'ny, mae e jest yn dipyn o gi, dwi'n meddwl.' Mae'n amlwg ei bod hi ar frys i adael, a dwi'n eitha balch achos dwi ddim isie siarad amdano fe rhagor, dwi angen amser i ystyried. 'Ma'n rhaid i fi fynd i'r gwaith, ond gei di'r manylion wedyn, dwi'n addo. Tria beidio meddwl gormod amdano fe heddi.'

Dwi'n gwybod mai dyma'r *unig* beth fydda i'n meddwl amdano drwy'r dydd ac mae hi'n gwybod 'ny hefyd. Dwi'n hollol *fuming*, does neb yn ghostio fi, does neb yn dweud celwydde wrtha i, a does neb yn troi fi lawr.

ALYS

Mae Saffi wedi bod ar fy meddwl i ers gadael y tŷ – mae hi wedi cael real cnoc i'w ego hi ond alla i ddim credu Gwyn/Rhod.

Dwi 'di cwrdd ag Elina cwpwl o weithie dros yr wythnose dwetha. Ni fod i fynd i'r Bae ddydd Sadwrn. 'Nes i gamgymeriad mawr a dweud wrth Saffi, ac mae hi wedi gofyn os geith hi ddod hefyd – er mwyn palu am fwy o wybodaeth am Gwyn/Rhod, siŵr o fod. Ond alla i ddim meddwl am ddim byd gwaeth. Mae'n gallu bod yn hollol ddigywilydd a dwi ddim isie iddi wneud pethe'n lletchwith.

Dwi'n gweld fy adlewyrchiad yn y drych sy'n y stafell ddosbarth. Yr athrawes gyflenwi roddodd e ar y wal gyda'r teitl 'Ti yw ti'. Does dim rhyfedd fod y plant yn dwli arni hi. Dwi'n gwisgo mwy o golur na'r arfer heddi, dwi 'di dechrau mwynhau cael bod yn rhywun ond 'Mam' am ran o'r diwrnod, o leiaf.

'Bore da, Alys.' Dwi'n neidio, yn poeni bod Owain wedi bod yn fy ngwylio i'n edmygu fy hun yn y drych.

'Bore da, sori, o'n i'n fy myd bach fy hun.'

'Sut wyt ti bore 'ma? Ti'n edrych yn neis, dwi'n hoffi'r ffrog.' Dwi'n cochi. 'Ti 'di cofio dy esgidiau glaw gobeithio, Mrs

Llywelyn?' Shit! Dwi fod i fynd â'r plant i'r goedlan heddi ar gyfer eu sesiwn Ysgol Goedwig. 'Nes i anghofio'n llwyr, a dyma fi yn fy fflipin teits a sodlau uchel.

'Do, do – maen nhw'n y car,' dwi'n ateb yn gelwyddog. Gobeithio bod rhywbeth 'da fi'n y bŵt, alla i ddim mynd fel hyn.

'Grêt, mae fod i fwrw'n ysgafn wedyn ond byddwch chi'n iawn yn eich *waterproofs*, yn byddwch chi. Mae'r plant wir yn mwynhau eu sesiynau'n y goedlan.'

Dwi'n gwenu arno ond ar y tu fewn dwi mewn panic llwyr.

Dwi'n llwyddo i gasglu pethe at ei gilydd o'r car. Does dim byd yn matsio a dwi'n gorfod gwisgo hen welingtyns Daf, sydd dri maint yn rhy fawr, a hen anorac fawr hyll dwi'n ei chadw fel un sbâr, a rhyw het wlân frown gyda *bobble* arni, dwi ddim yn siŵr o ble mae 'di dod, ond neith y tro. Lwcus iawn fod bŵt fy nghar wedi dod yn rhyw fath o gwpwrdd storfa ers cael Cadi. Dwi fel arfer yn teimlo cywilydd am y peth, ond dwi'n falch heddi.

Mae'r plant yn cyrraedd yn eu dillad glaw yn barod am ddiwrnod yn yr awyr agored. Dwi wir ddim yn teimlo fel bod mas yn y tywydd 'ma drwy'r dydd. Dwi'n neud y gofrestr, yn sicrhau bod pawb gyda ni ac yn gadael safle'r ysgol. Mae Mr Williams gyda ni'n diddanu'r plant a dwi'n falch am ei egni diddiwedd heddi.

Mae'r glaw'n taro ar y canghennau ac yn tasgu i'r pyllau mwdlyd, ond does dim ots gan y plant. Maen nhw'n cloddio dan foncyffion i chwilio am chwilod bach, yn creu patrymau yn y mẁd gyda brigau ac yn sblasio trwy'r dail gwlyb yn eu welis – eu chwilfrydedd yn trechu'r tywydd. Maen nhw'n joio, ac mae fy nerfau'n setlo. Dwi'n deall yn iawn lle mae'r dywediad 'dod 'nôl at fy nghoed' yn dod. Mae rhywbeth hudol am y goedwig, hyd yn oed yn y glaw, ac am ychydig dwi'n anghofio am bopeth arall.

Dwi'n mynd â'r plant 'nôl i'r ysgol ar gyfer eu cinio.

'Tynnwch eich dillad glaw a gwnewch res wrth y drws,' dwi'n dweud yn falch o fod 'nôl o dan do.

'Mrs Llywelyn, ble mae Alffi?' mae un ferch yn gofyn.

'Beth?'

'Ble mae Alffi? Dwi ddim wedi gweld e ers i ni fod yn y goedlan.'

Dwi'n edrych o gwmpas y dosbarth gyda 'nghalon yn fy ngheg. *Oh my God*.

'Mr Williams, ti 'di gweld Alffi?'

'Alffi? Naddo, sai 'di gweld e ers *ages, actually*.'

'Nes i gyfri nhw cyn gadael, yn do fe. Do fe? Dwi'n checio'r tŷ bach a'r gilfach gotiau. Dyw e ddim yma. Mae'n rhaid fod e dal yn y blydi goedlan!

'Mr Williams, ewch â'r plant i gael cinio, os gwelwch yn dda.' Dwi'n ceisio aros yn calm, dwi ddim isie panicio'r plant a dwi ddim isie i Owain na'r staff eraill glywed am hyn.

Dwi'n ceisio rhedeg yr hanner milltir 'nôl at y goedlan, drwy'r glaw, mor gyflym ag y galla i. Dwi heb redeg ers cyn mynd yn feichiog, ac mae welingtyns Daf yn ei gneud hi'n anoddach fyth. Dyw fy *pelvic floor* ddim fel oedd e chwaith. Mae fy mrest yn dynn, dwi mas o anadl ac mae 'da fi'r stitsh mwya poenus yn fy ochr.

'Alffi? Alffi?' dwi'n gweiddi drwy fy anadlu trwm wrth gerdded drwy'r coed. Does dim ateb. 'Alffi?' Shit, shit shit, dwi 'di colli plentyn! Dwi'n stopio a phlygu drosodd er mwyn ceisio cael fy anadl yn ôl. Dwi'n tynnu'r het wlân wirion a dwi'n gadael i'r glaw wlychu fy ngwallt chwyslyd. Bydda i ar draws y newyddion, bydda i'n colli fy swydd, beth os bydd rhaid i fi fynd i'r carchar? Beth os wnawn nhw gymryd Cadi oddi arna i? 'Alffi? Alffi?' dwi'n galw eto. Dwi prin yn gallu anadlu, dwi'n teimlo *panic attack* yn dod.

Yna dwi'n ei weld e, yn fŵd i gyd ger pentwr mawr o frigau.

'Mrs Llywelyn, edrych beth fi wedi'i neud.' Mae e'n hollol *unfazed.* Dwi ddim hyd yn oed yn meddwl bod e wedi sylwi fod y dosbarth wedi mynd hebddo fe. Rhaid ei fod e wedi bod 'ma ar ben ei hunan ers ryw hanner awr.

'Fi wedi neud den!'

'Da iawn, Alffi!' Dwi mor, mor falch ond mae fy nghorff dal mewn panic a dwi'n crynu. Dwi'n anadlu mewn am bump, dal am chwech a mas am saith dro ar ôl tro. Dwi ddim isie i Owain ddod i wybod am hyn, bydd e mor siomedig, falle ga i ryw fath o *disciplinary*. Mae 'na siawns dda bydd Alffi wedi anghofio popeth am hyn erbyn iddo fe gyrraedd adre. Mae e'n byw yn ei fyd bach ei hun fel arfer. Ddysges i frawd mawr Alffi ddwy flynedd yn ôl, ac os dwi'n cofio'n iawn, doedd y teulu ddim y mwya sylwgar. Mae'n bosib fod Alffi wedi bod ar goll o'r blaen. Ac os neith e ddweud rhywbeth, dwi'n gobeithio wnawn nhw ddim ei gredu fe, o'dd ei frawd yn neud straeon lan o hyd.

Dwi'n cerdded gydag Alffi 'nôl i'r ysgol a dwi'n dweud wrth Mr Williams i beidio sôn wrth neb. Mae e'n cytuno. Does dim angen i neb wybod.

Pennod 10

ALYS

Dwi'n rhuthro tuag at risiau'r Senedd lle mae Elina a finne wedi trefnu i gwrdd. Dwi'n hwyr – fel arfer. O'dd Cadi'n strancio ac yn cau gadael i fi ei rhoi hi'n y bygi, ac o'dd rhaid i fi ei breibio hi 'da *chocolate buttons*. Do'n i byth yn meddwl y bydden i'r fath o fam sy'n breibio fy mhlentyn gyda siwgr.

'Nath Saffi ofyn eto os geith hi ddod i gwrdd ag Elina heddi. Dwi'n difaru dweud wrthi nawr am Elina, Gwyn a Sara Mai. Dwi'n teimlo'n euog am siarad am Elina y tu ôl i'w chefn. Gan 'mod i ddim yn neud ffrindie'n hawdd, mae cwrdd â rhywun mor naturiol, sydd *actually* isie nabod fi, yn brofiad hollol newydd.

Dwi'n gallu gweld fod Elina yno'n barod, mewn dyngarîs pinc sy'n gweddu ei ffigwr maint 10. Mae'n darllen llyfr yn hamddenol yn yr haul, mae Mabon yn y sling ac mae hi'n edrych mor *serene*, fel petai ar wyliau. A dwi'n cerdded yn gyflym tuag ati, yn chwyslyd a fy ngwallt yn hollol afreolus. Dyw hi ddim hyd yn oed yn sylwi arna i'n dod. Dyma sut o'n i'n disgwyl bydde fy nghyfnod mamolaeth i – ond y cwbl dwi'n ei gofio yw'r diffyg cwsg, y llefen (fi a Cadi), unigedd a gorbryder.

'Haia, Alys, sut wyt ti?' Mae'n codi ar ei thraed ac yn rhoi cwtsh i mi.

‘Sori ’mod i’n hwyr,’ dwi’n dweud gan barhau i drio cael fy ngwynt yn ôl.

‘Ma’n iawn, ’sti. Ddois i’n gynnar er mwyn cael chydig o *chill* yn yr haul. O’n i rili isio gorffan y llyfr ’ma. Ma’n sôn am y ddynas ’ma sy’n anfon e-bost *flirty* iawn at ei bòs newydd, sy’n hen ac yn rili grympi, yn lle at ei chariad. Ond yn lle deud wrthi be sy ’di digwydd, ma’r bòs yn dechra chwara gêm efo hi – cyfrinacha, a lot o ddigwyddiada *awkward* a hefyd lot o ryw a rhegi!’ Mae’n symud ei heiliau fyny ac i lawr wrth ddweud y rhan ola a dwi’n chwerthin. Mae hi mor hawddgar a bywiog, ac o fewn munudau dwi’n teimlo’n hollol gyfforddus yn ei chwmni. Dwi methu peidio â’i hedmygu.

Ry’n ni’n cerdded o gwmpas y Bae ac mae Cadi’n cwympo i gysgu, diolch byth. Am y tro cynta ers dyddie, dwi’n gallu sgwrsio heb rywun yn mynnu fy sylw. Ond mae cyfrinach Saffi yng nghefn fy meddwl i a dwi’n cael trafferth canolbwyntio. Does dim angen i Elina wybod o gwbl am y babi yma, yn enwedig os bydd Saffi’n cael erthyliad. Dwi braidd byth yn clicio ’da phobl fel dwi wedi ’da Elina a dwi ddim isie i unrhyw beth sbwylio fy nghyfle i neud ffrind newydd.

Mae’r haul yn disgleirio oddi ar y dŵr ac mae awel ysgafn yn cario arogl halen a choffi o’r caffis. Mae’n brysur ’ma heddi ond mae ’na ymdeimlad heddychlon, di-frys a llawn posibiliadau.

‘Ti ffansi eis crîm?’ mae Elina’n gofyn ar ôl bod yn sgwrsio am sbel. Does dim angen fy mherswadio i.

Ry’n ni’n eistedd ar ddecin y caffi yn edrych dros y dŵr a dwi’n teimlo’n fodlon fy myd. Dwi’n mwynhau blas fanila’r hufen iâ, a dwi’n gadael i Cadi gael blas bach ohono. Mae hi’n syndod o hapus a didrafferth erbyn hyn hefyd. Mae Elina’n bwyta sorbet ceirios sydd bron yr un lliw â’i gwisg. Mae ei chwmni yn neud i fi deimlo’n llonydd a braf a dwi’n sylwi bod y cwlwm yn fy stumog, a'r teimlad tyn yn fy mrest sydd 'di bod 'na ers amser mor hir, wedi llacio.

Mae fy ffôn yn canu. Saffi. Shit. Mae'r cwlwm 'nôl.

'Helô?'

'Helô, ble y'ch chi?' mae'n gofyn. O shit.

'Ni'n Cadwaladers, ond ni'n gadael mewn munud,' dwi'n dweud heb feddwl, gan newid tôn fy llais gyda'r gobaith y bydd hi'n synhwyro bo fi'n dweud 'plis paid â dod' ond dyw hi ddim.

'Grêt. Dwi ddim yn bell – dwi ar fy ffordd draw.'

Plis na. Pam 'nes i ateb? Pam 'nes i ddweud ble'r y'n ni? Mae hi'n gallu bod mor ffycin hunanol!

ELINA

Dwi 'di cyrradd adra ar ôl diwrnod... rhyfedd iawn. Dwi'n ista ar fy soffa felfed las yn syllu ar y wal gyferbyn. Dwi braidd yn ddiemosiwn; dyna be sy'n digwydd i fi pan ma genna i gymaint o emosiynau gwahanol. Dwi'n rhewi, yn teimlo dim fel tase hynny'n ffordd o ymdopi.

Dwi'n rili colli Tom rŵan. Dwi isio fo yma efo fi i godi 'nghalon i. Ma'n gwbod y petha iawn i'w deud bob tro, ond ma ganddo fo broblemau mwy i boeni amdanyn nhw erbyn hyn, efo Matt yn sâl.

O'dd cyfarfod eto efo Alys yn lyfli, o'dd o'n rili hawdd siarad efo hi. Ond yna, pan ddoth Saffi i fewn, 'nes i deimlo'r awyrgylch yn newid. O'dd o braidd yn rhyfedd ei bod hi'n gatecrashio. Dwi'n licio cyfarfod pobl newydd, ond o'dd 'na rwbath amdani o'dd yn neud i fi deimlo fatha *on edge*. O'dd Alys yn hollol tens a ddim yn edrych yn hapus i'w gweld hi o gwbl. O'n i'n meddwl fod hyn yn rhyfedd gan eu bod, ma'n debyg, yn ffrindia da.

Welis i'n llygaid Alys bo hi'n trio cyfathrebu rwbath yn dawel bach efo Saffi.

'Elina, dyma Saffi. Saffi, dyma Elina,' medda Alys yn reit drwsgl.

'Haia Saffi,' medda fi, yn gwenu ac yn trio anwybyddu'r tensiwn yn yr aer.

'Haia Elina, neis i gwrdd â ti,' medda hi'n ddigon clên, ond heb esbonio pam ei bod hi yno o gwbl.

Eisteddodd Saffi i lawr efo ni a dechreuon ni sgwrsio am y tywydd annhymhorol ym mis Mawrth, swyddi, a phlania am yr ha'. Does gen i ddim plania oni bai am Tafwyl a Steddfod, ac ella trip neu ddau i fyny i'r gogs i weld teulu os fedra i wynebu'r dreif hir i fyny'r A470 a gorfod stopio i fronfwydo a newid clytiau mewn meysydd parcio a *lay-bys.*

'Ma 'da fi wyliau *all expenses paid* i Baris,' ddudodd hi. Do'n i ddim cweit yn dallt sut na pham, rwbath i neud efo Instagram, modelu a hysbysebu brand. Ond ar ôl iddi ddeud hynny, aeth hi'n dawel braidd a doedd neb yn gwbod yn iawn be i ddeud.

ALYS

Dwi'n golchi llestri amser brecwast. Mae swigod poeth yn llenwi'r sinc, a'r haul boreol yn taflu streipen o olau dros lawr y gegin. Mae Daf dal yn ei wely, dyw e byth lawr yn gynt na fi'n y boreau. Mae Cadi'n bwyta ei brecwast yn y gadair uchel.

Mae e'r math o fore sy'n neud i fi deimlo'n obeithiol. Dwi'n ystyried tecstio Elina i ymddiheuro am Saffi ac i ddweud wrthi pa mor neis oedd ei chyfarfod hi eto.

Dwi'n clywed fy ffôn yn neud sŵn – *voice note* gan Saffi i'r grŵp 'Mission: Gwynpossible', a dwi'n teimlo'n eitha cyffrous.

Mae e dros wyth munud o hyd. Typical Saffi. Dwi'n neud paned sydyn i mi fy hun, dwi'n gadael y llestri ac yn mynd i eistedd wrth y bwrdd drws nesa i Cadi. Mae hyn yn mynd i alw am fy sylw llawn. Dwi'n cymryd anadl ddofn a'i rhyddhau yn araf cyn pwyso *play*.

'Dwi 'di bod trwy Insta Sara Mai. Mae hi'n postio bob tro mae'r criw ffilmio yno gyda chapsiwn fel "ffilmio eto heddiw ar gyfer ein rhaglen realiti *O'r Groth i'r Crud*". Mae'n ymddangos bod y criw ffilmio yna bob dydd Gwener...'

Ma Saffi'n rhoi llais uchel a gwichlyd ymlaen wrth ddynwared Sara Mai, sy'n neud i fi chwerthin. Dwi'n pwyso *pause* achos dwi'n dredio beth mae'n mynd i'w ddweud nesa. Dwi'n cymryd anadl ddofn arall.

'Felly, y plan yw, dwi'n mynd i sgwennu nodyn a'i roi mewn amlen, a dwi'n mynd i neud iddo fe edrych fel mai plentyn nath e.'

Fflipin hec. Drama cwîn. Mae'n amlwg wedi bod ar ddihun drwy'r nos yn meddwl am hyn.

'Yna, dwi am fynd draw i'r tŷ dydd Gwener ac aros yn y car mewn *disguise*...'

Oh my gosh, sdim rhyfedd gafodd hi A yn TGAU Drama.

'Dwi am aros nes bo fi'n gweld un o'r cynhyrchwyr, rhoi'r llythyr iddyn nhw a dweud 'i fod e i Sara Mai gan "fy nith" i sy'n chwe mlwydd oed ac yn ffan mawr ohoni hi. Bydde fe'n meddwl y byd i'r ferch fach os bydde Sara Mai yn agor yr amlen ac yn dangos y llun ar y rhaglen.'

Mae'n amlwg fod ei ego hi wedi cael ergyd fawr. Does neb yn ghostio Saffi. A dwi'n gwybod ei bod hi mor fyrbwyll – neith hi neud e, a pheidio â phoeni dim am y canlyniadau.

'Dwi'n siŵr bydd Sara Mai wrth ei bodd yn dangos i'r genedl pa mor boblogaidd yw hi gyda'i ffans bach, a bydd y cwmni cynhyrchu hefyd yn hoffi'r ddrama. Ond dyma'r darn da...'

Dwi'n eistedd wrth y bwrdd gyda 'nghwpan o de yn syllu ar y to bach o swigod sebon sy'n dal i arnofio'n y sinc. Mae'r holl ddrama 'ma'n teimlo fel bywyd arall, un lot mwy cyffrous na'r un dwi'n byw ynddo.

'Ar gefn y llun, bydda i wedi sgwennu neges iddi yn dweud: "Mae Gwyn wedi cheatio arnat ti!" bydd ei hymateb a'i gwyneb yn hilêriys! A gobeithio cewn nhw ddadl ar y camera, ond os na, o leia bydd yr hedyn wedi cael ei blannu, a *sooner or later*, bydd Gwyn yn cael ei egsposio am bwy yw e!'

Dwi'n gallu clywed y cyffro yn ei llais, fel rhyw fath o gymeriad creulon mewn ffilm Disney. Man a man bo hi'n dweud 'mwa hahaha!' yn filain ar y diwedd. Unwaith mae syniad yn ei phen, mae fel ci gydag asgwrn, neith hi ddim gadael fynd. Sneb yn croesi Saffi Akintola.

Elina: Ti'n jocian dwyt?

Saffi: Na, hollol serious, *it's payback time*! Rhaid i ni ddial ar y bastard 'na am yr holl gelwydde mae e wedi bod yn dweud!!!

Elina: Ocê, gwna be ti isio, ond dwi'm yn mynd i fod yn rhan ohono fo.

Saffi: Alys?

Dwi'n syllu ar y sgrin. Dwi'n gallu dychmygu Saffi'n eistedd mewn pyjamas sidan a'i llygaid yn wyllt, yn disgwyl i mi fod yn gyd-droseddwraig iddi.

> **Alys:** Dwi'n y gwaith dydd Gwener eniwê, ond *count me out*. Ti ar ben dy hun!

Er bod y syniad 'ma'n hollol *crazy*, a dwi ddim isie bod yn rhan ohono o gwbl, dwi'n edrych mlân i weld be sy'n digwydd.

Pennod 11

ALYS

Amser cinio. Dim ond hanner diwrnod i fynd. Mae hi bron yn ddiwedd wythnos arall yn y gwaith, ac o'dd hi'n teimlo fel wythnos hir iawn. O'n i'n hanner disgwyl bydde rhywun yn ffeindio mas am yr hyn ddigwyddodd gydag Alffi yn y goedlan, ond does dim wedi cael ei ddweud eto, diolch i Dduw. Dwi'n siŵr y galla i anghofio am yr holl beth.

Dwi wedi colli tipyn o hyder yndda fi fy hun a fy ngallu fel athrawes ers dod 'nôl. O'n i'n arfer bod un cam o flân pawb arall, o'n i'n uchel fy mharch ymysg y rhieni a'r plant ac o'dd Owain yn aml yn canmol fy ngwaith. Mae 'na lawer yn gallu newid mewn blwyddyn yn y byd addysg a dwi wir yn teimlo fel bod gymaint dwi ddim yn ei ddeall.

Dwi'n casáu'r teimlad o beidio deall pethe; fi oedd swot mwya fy mlwyddyn i, yr un oedd wastad yn gwybod yr ateb i bopeth. Nawr, dwi'n teimlo fel bod dim ateb 'da fi i ddim. Dwi ddim yn dda yn fy swydd, a dwi ddim yn dda fel mam.

Dwi'n ceisio atgoffa fy hun y daw pethe'n well, mae'n normal i gael *baby brain* ar ôl dod 'nôl o gyfnod mamolaeth, ond mae rhan ohona i'n poeni na fydd pethe byth yn gwella a dyma pwy ydw i nawr – rhywun anghofus sydd byth yn deall beth sy'n mynd mlân.

Arwel yw'r unig un o 'nghydweithwyr bydden i'n mynd am goffi a sgwrs iawn gydag e, ond mae e i ffwrdd ar hyn o bryd – mae e a'i wraig yn gwahanu, yn anffodus. Dyw e ddim wedi sôn llawer wrtha i am y peth, dy'n ni ddim yn trafod pethe personol iawn fel arfer. Duw a ŵyr pryd fydd e 'nôl, dwi wir yn gweld isie ei gwmni e a'i straeon a'i hiwmor.

Dwi'n eistedd yng nghornel y stafell staff ar un o'r cadeirie sgwâr glas sy'n edrych yn fwy cyfforddus nag y'n nhw. Dwi'n bwyta brechdan ham ar fara gwyn wedi'i sleisio, creision siâp wyneb arth ac iogwrt mewn tiwb. Mae fy neiet i wedi bod yn wael ers cael Cadi. O'n i'n arfer cymryd amser i wneud bwyd iawn fel pasta iachus neu gawl neu salad, ond sdim amser 'da fi rhagor.

Mae dipyn o bobl yn y stafell staff ar ddyddie Gwener, ond does neb yn eistedd ar bwys fi. Dwi'n gweld pobl yn paratoi eu cinio, yn sefyll a sganio'r stafell i weld lle maen nhw am eistedd, ac er bod digonedd o le bob ochr i mi, maen nhw'n penderfynu mynd i eistedd gyda phobl eraill. Mae pawb o 'nghwmpas i'n sôn am eu cynllunie dros y penwythnos. Mae'n teimlo fel bod pawb yn gwneud rhywbeth gyda'i gilydd oni bai amdana i.

'Be ti'n wisgo nos fory?' dwi'n clywed un ferch ifanc yn gofyn wrth griw o ferched oedd yn eistedd wrth ei hymyl.

'*Oh my God*, sai'n gwbod, beth ti'n mynd i'w wisgo? Ble ni'n cwrdd? Dewch i'n nhŷ i am *pre-drinks* os chi isie. Ma saith o'n ni i gyd – bydd e'n laff, methu aros.'

Bydden i ddim isie mynd mas gyda nhw 'sen i'n cael fy nhalu, ond serch 'yn, mae 'na ran ohona i'n teimlo'n eiddigeddus nad oes grŵp fel'na o ffrindie 'da fi yn y gwaith.

Mae 'na ddwy arall yn trafod mynd mas am fwyd gyda'i gilydd heno. Eto, bydden i ddim isie mynd chwaith, ond pam bo fi ddim wedi cael gwahoddiad? Dwi'n dechrau teimlo wir yn anghyfforddus. Beth sy'n bod arna i? Mae'n deimlad cyfarwydd, fel pan o'n i'n yr ysgol a byth yn cael gwahoddiad i'r partïon pen-blwydd na'r *sleepovers*, a phan o'n i'n y brifysgol ac roedd pawb arall i'w gweld wedi neud ffrindie mor hawdd. Hyd yn oed yn y grŵp Mami a Babi o'n i'n teimlo ar y cyrion, nes bod Elina'n cyflwyno ei hun.

Dwi'n trio canolbwyntio ar Saffi ac Elina ac atgoffa fy hun bod 'na bobl sydd yn fy hoffi i, a dwi'n cofio'n sydyn am Saffi a'i chynllwyn... mae'n ddydd Gwener!

Dwi'n cymryd fy ffôn mas o 'mag ac yn sylwi fod 'na neges yn y grŵp 'Mission: Gwynpossible'. Mae Saffi wedi anfon llun ohoni hi ei hun mewn cap du, sbectol haul, dillad du ac amlen yn ei llaw.

'*Wish me luck*, ferched, *it's payback time*.'

Dwi *actually* methu credu bo hi'n mynd i neud hyn, dwi'n crinjo ac yn chwerthin i fi fy hun ar yr un pryd. Dwi'n dechrau sgwennu ymateb...

'Ga i iste 'da ti?'

Mae llais Owain yn neud i fi neidio. Dwi'n rhoi fy ffôn lawr yn sydyn.

'Wrth gwrs.' Dwi'n symud i fyny ychydig iddo gael eistedd yn nes ata i, er bod digon o le yn barod.

'Sut mae pethe'n mynd, Alys? Wyt ti'n setlo 'nôl yn y gwaith?' mae'n gofyn yn garedig. Mae'r caredigrwydd yma bron â fy neud i'n ddagreuol. Do'n i ddim yn sylweddoli fy mod i'n teimlo mor emosiynol.

'Ydw, diolch, mae popeth yn grêt. Mae pawb wedi bod mor groesawgar a chymwynasgar.' Hoffwn i petai hynny'n wir.

'Da iawn, dwi'n falch o glywed,' mae'n dweud ond dwi ddim yn siŵr ydi e'n fy nghredu i. Mae 'na dawelwch lletchwith lle dyw'r un ohonon ni'n gwybod yn iawn beth i'w ddweud nesa.

‘Os galla i wneud unrhywbeth i ti, mae fy nrws wastad ar agor,’ mae’n dweud gan wenu’n dyner.

Do’n i ddim wedi sylwi o’r blaen pa mor garedig yw ei lygaid e. Mae e’n tynnu am hanner cant, ac mae llinellau gwenu yng nghorneli ei lygaid glas. Mae ei wallt tywyll wedi britho tipyn ers i fi fynd i ffwrdd ar fy nghyfnod mamolaeth, neu dim ond nawr dwi’n sylwi ar y llwyd yn ei wallt. Mae ’na rywbeth deniadol, hudolus wedi bod amdano erioed, ond dwi’n dechrau ei weld mewn goleuni gwahanol.

Yn sydyn, dwi’n ymwybodol o lygaid pobl eraill i’n cyfeiriad ni. Ydyn nhw’n siarad amdanon ni?

Mae’r teimlad yma fel slap bach yn fy neffro i. Mae’r gwirionedd yn taro – ei fod *yn* briod gyda thri o arddegwyr a ’mod i’n *wraig* briod gyda babi. Fe yw fy mòs i, beth sy’n bod arnat ti, Alys? Dwi’n troi fy wyneb, yfed o ’mhotel ddŵr, ac yn ceisio meddwl am unrhyw beth arall.

‘Ti’n neud rhywbeth neis dros y penwythnos?’ dwi’n gofyn. Dwi byth yn siŵr p’run ai ei alw fe’n *ti* neu *chi,* ond dwi’n mynd amdani gyda’r *ti.* Dwi wedi ei nabod e ers amser hir, cyn iddo fe fod yn bennaeth, ac ry’n ni wastad wedi dod mlân yn dda. A dwi’n casáu cael fy ngalw’n ‘chi’, mae’n neud i fi deimlo’n hen.

‘Ydw, a dweud y gwir, dwi’n mynd i weld cyngerdd Jac Jones yn Neuadd Dewi Sant. Ti’n gwbod pwy e? Nath e ennill yr *X Factor* yn 2011.’ O’n i bron ag anghofio pa mor ofnadwy o wael yw ei chwaeth mewn cerddoriaeth.

‘Dwi’n mynd gyda’r wraig, mae hi’n ffan mawr, anrheg wrtha i a’r plant fel trît cynnar Sul y Mamau...’ Mae’r geiriau’n fy nharo i fel cyllell drwy’r galon. Sul y Mamau.

Sul y Mamau. Do’n i heb sylweddoli, dwi ddim yn gwybod sut ’mod i ddim yn cofio. Mae’r hiraeth am Mam yn dod drosta i fel tswnami a dwi'n poeni bo fi ddim yn mynd i allu dal y dagrau'n ôl.

Mae'r gloch yn canu, mae'r staff o'n cwmpas yn codi, yn cymryd eu pethe ac yn gadael y stafell. Bydd y plant yn dod mewn o'r iard mewn munud a dwi ddim yn meddwl y galla i eu gwynebu nhw.

'Alys, wyt ti'n iawn?' mae Owain yn gofyn... a dyna nhw, y tri gair yna sy'n trechu pob ymdrech i gadw fy emosiynau'n gudd. Dwi'n gadael llef enfawr mas.

'O, Alys,' mae Owain yn dweud yn dadol, 'cer adre, bach, 'na i warchod dy ddosbarth di, cer adre a gofala ar ôl dy hun.'

'Na, na, dwi'n iawn.' Dwi'n trio tynnu fy hun 'nôl at ei gilydd.

'Mae'n brynhawn Gwener, achan, bydd popeth yn iawn fan hyn, mae 'di bod yn adeg anodd i ti.'

Dwi'n nôl fy mhethe o'r stafell ddosbarth ac yn ymwybodol o lygaid pawb. Dwi'n cerdded yn gyflym drwy'r coridor gan edrych ar fy nhraed er mwyn osgoi cyswllt llygad gydag unrhyw un. Mae'r plant yn dechrau dod mewn, dwi'n clywed merch yn gofyn: 'Pam bod Mrs Llywelyn yn crio?' A llais arall: 'Beth sy'n bod arni hi?' Mae sŵn clip clop cyflym fy sodlau uchel yn atseinio o gwmpas y coridorau fel marciau rhythmig ar fy nghywilydd.

Dwi'n gyrru adre'n fy nagrau. Dwi ddim wedi cael amser i alaru'n iawn am Mam. Nath hi farw tua pythefnos cyn i Cadi gael ei geni. O'n i'n gobeithio y bydde hi wedi gallu dala mlân am ychydig hirach fel ei bod yn gallu cwrdd â hi, ond roedd Cadi'n hwyr yn dod ac roedd Mam wedi colli pob nerth i frwydro.

Dwi wedi llefen, ond ddim yn iawn, ddim fel hyn. Mae'r dagrau'n gymysgedd o bopeth – galar, blinder, rhwystredigaeth ac ofn. Dwi'n ofni byw gweddill fy mywyd heb Mam, dwi'n ofni nad ydw i'n mynd i allu magu Cadi hebddi, dwi'n ofni'r dyfodol rhwng Daf a finne a dwi'n ofni na fydda i fyth yn hapus eto. Wrth i mi droi mewn i'n stryd ni, dwi'n sylwi nad yw car Daf wedi'i barcio tu fas i'r tŷ. Mae e fel arfer yn gweithio o adre ar ddydd Gwener. Dwi ddim yn siŵr sut i deimlo am y peth. Mae rhan ohona i'n falch o gael llonydd a'r rhan arall angen cwtsh mawr a geiriau o gysur. O'dd Daf yn arfer bod yn dda iawn am neud i mi deimlo'n well, ond dwi ddim yn siŵr a fydde fe'n gwybod beth i'w ddweud nawr, felly falle bod hi'n well fod e ddim 'ma.

Dwi'n mynd mewn i'r tŷ. Dwi ddim yn gwybod beth i'w neud gyda fy hun, mae'n rhyfedd bod 'ma heb Cadi a Daf. Dwi'n teimlo ar goll, fel y teimlad 'na o angen bwyd ond ddim yn gwybod beth sy'n apelio neu'r teimlad o isie neud rhywbeth ar ddydd Sul ond methu penderfynu beth – teimlad gwag, anfodlon. Ydw i isie ffonio rhywun? Nadw, dwi ddim isie siarad 'da neb. Ydw i isie cysgu? Nadw, alla i ddim cysgu yng nghanol y dydd, mae fy meddwl yn rasio. Ydw i isie mynd am dro neu redeg? O'n i arfer rhedeg lot yn y brifysgol er mwyn delio gyda stres arholiadau, o'n i wrth fy modd yn yr awyr agored ac yn meddwl am ddim oni bai am roi un troed o flaen y llall. Ond dwi ddim isie rhedeg nawr. Ydw i isie mynd i'r gwely a chladdu fy mhen yn y gobennydd a sgrechen? Falle.

Heb wybod lle i droi, beth i'w feddwl na sut i deimlo, dwi'n mynd i'r gegin a thywallt gwydraid mawr o win i fi fy hun yn y gobaith y bydd yn llenwi'r gwacter. A dwi'n sylweddoli yn union be dwi isie. Dwi isie Mam, dwi isie hi gymaint, ei geiriau doeth, ei charedigrwydd, ei hegni, ei disgleirdeb, a'i chariad.

Mae 'da fi un o'i hoff sgarffiau hi'n hongian ar waelod y stâr. Dwi'n mynd i'w nôl hi ac yn claddu fy mhen yn y defnydd melfed gwyrdd lliw potel. Mae'r arogl o'dd arni'n gryf fisoedd yn ôl yn pylu, ond mae'n dal yno'n ysgafn iawn os dwi'n arogli'n ddigon dwfn. Dwi'n mynd i eistedd ar y soffa gyda'r sgarff mewn un llaw a'r gwin yn y llall. Dwi'n poeni os gwna i lefen eto, wna i fyth stopio. Dwi'n gwybod neith y gwin ddim cymryd y boen i ffwrdd, ond fe neith e ei leddfu rywfaint.

O, Mam, dwi'n gweld dy isie di gymaint.

'Alys?'

Rhaid 'mod i wedi cwympo i gysgu. Wrth i mi agor fy llygaid yn araf dwi'n gweld ffurf annelwig Daf yn sefyll o 'mlân i, fel tŵr drosta i. Rhwng y gwin a'r cwsg, dwi ddim cweit yn cofio lle ydw i, na pham fy mod i yma.

'Daf? Ble ti 'di bod?' Mae'n gwisgo crys T'r band Ffrans Awstria. Y band o'dd e'n chwarae gitâr gyda nhw am flynydde. Dwi'n adnabod y logo siâp arth er bod popeth arall yn aneglur.

'Ble ti 'di bod? Pa ddiwrnod yw hi?' dwi'n clywed fy hun yn slyrian.

'Dwi 'di bod i'r swyddfa, o'dd cyfarfod pwysig 'da fi heddi, 'nes i ddweud wrthot ti sawl gwaith amdano fe. Dwi 'di dod adre, rhoi Cadi i'r gwely a newid i'r unig beth glân o'n i'n gallu dod o hyd iddo...'

'Cadi? Ble mae Cadi?' dwi'n gofyn wedi drysu'n lân.

'Christ, Alys! Ti mor ffycin feddw!' mae'n gweiddi gan roi pwyslais mawr ar y 'ffycin' sy'n neud i fi ddod at fy mhethe ychydig, a dwi'n cofio pam dwi yma, yn y stad 'ma. Dyw Daf byth yn gweiddi nac yn rhegi, rili, ac mae'r sioc yn neud i fi grio. Mae'n rhwbio ei wyneb gyda'i ddwylo ac mae'n brasgamu 'nôl a mlân.

'Sori... dwi jest rili yn gweld isie Mam!'

'Dim ti yw'r unig un, Alys!' mae'n dweud gan edrych i fyw fy llygaid i. Dwi'n gweld dagre'n ei lygaid e nawr hefyd. 'Ond dwi'n gwbod fod fy ngalar i ddim mor fawr â dy un di... mae mor anodd achos dwi'n gwbod bo ti'n cael amser caled 'fyd, a sai'n gwbod shwt i helpu. Dwi'n teimlo mor ffycin *useless*.'

Dwi'n teimlo tagiad annisgwyl o dosturi. Dwi wedi canolbwyntio gymaint ar fy mhoen fy hun 'nes anghofio ei fod e'n teimlo hefyd. Dwi'n edrych eto ar yr hen grys T 'na sy'n dod 'nôl â chymaint o atgofion hapus o ddyddie cynnar ein perthynas.

Mae tawelwch yn disgyn rhyngon ni, y math o dawelwch sy'n dweud mwy nag unrhyw sgwrs. Dwi'n meddwl am y ffordd dyw ei rieni braidd byth yn dod i'n gweld, a byth yn ffonio. A dwi'n meddwl am sut mae'r tŷ'n teimlo'n wag hyd yn oed pan mae'r tri ohonon ni yma. Mae'n edrych arna i fel petai'n mynd i ddweud rhywbeth arall, ond wedyn mae'n edrych i'r llawr.

'Dwi'n mynd i gael cawod,' mae'n dweud. 'Nawn ni siarad fory.'

Mae'n mynd lan stâr, a dwi'n aros ar y soffa, yn syllu ar y gwydr gwag. Mae'n rhyfedd sut all dau berson fyw dan yr un to, ond yn teimlo mor bell oddi wrth ei gilydd. Dwi'n ystyried mynd i nôl mwy o win, ond dwi'n neud y penderfyniad synhwyrol i fynd lan i'r gwely, a dwi'n mynd â'r sgarff gyda fi.

ELINA

Dwi newydd fod ar FaceTime efo Tom. Dio'm yn meddwl bydd o'n medru dod draw am gwpwl o wythnosa eto. Ma'n torri 'nghalon i. Mae o mor drist am y peth hefyd – dwi'n teimlo drosto fo a Matt. Ond hefyd... dwi jest isio'i weld o. Ma'r diwrnoda'n teimlo mor hir efo neb i siarad efo nhw ond babi pump wythnos oed.

Mae o'n gorjys, a dwi'n dal i deimlo mor lwcus, ond dwi erioed wedi teimlo mor unig. Ma'n rhyfedd achos ma genna i berson bach yn *attached* i fi 24/7, ac eto ma rhan ohona i'n wag.

Dwi 'di dod â Mabon i lan y môr ym Mhenarth heddiw. Bues i'n byw yng Nghaerdydd am flynyddoedd cyn sylweddoli bod y lle'n bodoli. Dwi wrth fy modd yn crwydro efo fo, mynd i lefydd gwahanol a gwrando ar bodlediadau, cerddoriaeth neu lyfr llafar wrth gerdded. Wna i stopio weithia am goffi a darllen tra mae o'n cysgu.

Mae aer y môr yn hallt ar fy ngwefusa ac ma'r awel oer yn chwythu gan neud i Mabon symud chydig, a dwi'n poeni bod o'n mynd i ddeffro. Dwi'n prynu *flat white* o un o'r caffis ar hyd yr Esplanade ac yn ista ar fainc, yn edrych dros fôr blin yn taro'n erbyn y cerrig llwyd. Ma Radiohead yn canu'n 'y nghlustia – sy'n gweddu'n berffaith i'm hwyliau meloncholic – ac yn mynd â fi 'nôl i'r amsar pan oedd popeth yn teimlo'n haws, er 'mod i ddim yn sylweddoli hynny ar y pryd.

Mae'r gân yn cael ei thorri gan sŵn fy ffôn yn pingio dro ar ôl tro. Dwi 'di derbyn llwyth o negeseuon o'r grŵp 'Mission: Gwynpossible' gan Saffi. Heddiw o'dd y diwrnod o'dd hi'n mynd i neud ei 'Grand Plan'.

> **Saffi:** *Oh my God*!!! Newch chi byth gredu hyn...

SAFFI

Nath heddi ddim troi mas fel o'n i'n disgwyl.

Es i i dŷ Sara Mai a Gwyn/Rhod. Maen nhw'n byw mewn tŷ mawr traddodiadol Fictorianaidd, gyda dwy *bay window* fawr a choed â blagur pinc ar bob ochr yr heol. Mae e mewn rhan dawel o'r ddinas gyda dim gormod o draffig na bwrlwm.

'Nes i'r hyn o'n i mynd i'w neud, sef troi lan ac aros i'r criw ffilmio gyrraedd i roi'r amlen iddyn nhw er mwyn cael Sara Mai i'w hagor ar ffilm. Ond pan gyrhaeddes i, doedd dim fan ffilmio i'w gweld yn unman, dim pobl na chriw yn mynd mewn a mas o'r tŷ. Do'n i ddim yn siŵr os o'n i'n rhy gynnar neu wedi'u colli nhw, felly eisteddes i'n y car am ychydig i weld beth oedd beth.

O'n i'n eistedd yn y car yn sgrolio ar fy ffôn pan weles i ddyn yn cerdded drwy'r ardd ffrynt tuag at ddrws y tŷ. 'Nes i symud reit i lawr yn y sêt – jest digon fel bo fi ddim yn cael fy ngweld ond hefyd yn gallu cadw llygad ar beth oedd yn digwydd. Wrth iddo gnocio ar y drws a chanu'r gloch sylwes i mai Gwyn o'dd e, neu Rhod, beth bynnag yw ei enw fe. O'dd e'n bangio ar y drws am sbel ac yn gweiddi drwy'r blwch llythyron: 'Saz, plis agor y drws! Plis, Saz!' Sylwes i bod e'n edrych braidd yn *dishevelled*, ddim byd tebyg i'r dyn 'nes i gyfarfod. O'dd ei wallt yn flêr ac o'dd 'da fe bach o *stubble* tywyll ar ei wyneb.

Yna, nath hi, Sara Ffycin Mai, agor y drws. Roedd hi mewn tracsiwt yr un lliw â'r blagur ar y coed, a'i gwallt gole lan mewn pentwr ar dop ei phen. O'dd y bitsh yn dal i edrych yn *chic* ond o'n i'n gallu dweud bo hi ddim yn edrych ei gore. Do'n i'n methu clywed y sgwrs yn iawn gan bo S.Ff.M. yn amlwg isie fe gadw ei lais lawr, ond o'n i'n gallu gweld oddi wrth y stumiau ro'n nhw'n eu neud gyda'u dwylo eu bod nhw'n cael dadl am rywbeth.

Yna, caeodd hi'r drws yn ei wyneb ond nath e ddim gadael. Arhosodd e yna, yn cnocio'r drws. O'n i'n *embarrassed* drosto fe! Ac wedyn agorodd hi'r drws a thaflu bag bin ato, o'dd yn edrych yn debyg ei fod yn llawn o ddillad, a chau'r drws eto.

O'n i'n methu credu'r peth! O'dd e'n edrych mor ypsét ro'n i bron â theimlo trueni dros y twat.

Es i fewn i'w phroffil Instagram hi er mwyn gweld os o'dd 'na unrhyw gliwiau am beth o'dd yn digwydd. Cafodd llun ei bostio bore 'ma o'r ddau ohonyn nhw gyda'i gilydd yn edmygu bwmp bach taclus Sara Mai yn dweud:

Methu aros nes cwrdd â ti ♡

Sgwn i pam bo nhw ddim gyda'i gilydd? Ydi hi wedi ffeindio mas amdana i'n barod? A yw hyn yn meddwl bod e'n sengl? Beth am y rhaglen, ydyn nhw dal i ffilmio? O'n nhw'n sicr ddim i'w gweld fel y teulu bach hapus sydd yn hysbysebion y rhaglen.

Dwi 'di bod adre ers cwpwl o oriau erbyn hyn a dwi heb symud o'r soffa. Dwi 'di bod yn edrych drwy posts a storis Sara Mai yn trio gweld os oes cliwiau yn unrhywle am beth yn y byd sy'n mynd mlân 'da nhw, ond does dim byd. Mae hi wedi bod yn ofalus iawn yn dethol lluniau sy'n dangos perffeithrwydd ac hapusrwydd llwyr.

Dwi'n rhoi fy ffôn lawr, ac mae'r planhigyn sydd 'da fi yng nghornel y stafell yn dal fy llygad. Mae e'n marw, dwi ddim wedi bod yn gofalu amdano fe'n iawn o gwbl, a'r unig beth sydd rhaid neud yw rhoi dŵr iddo bob hyn o hyn. Mae'n fy nharo i mas o unman pa mor enfawr yw'r sefyllfa yma. Dwi'n disgwyl babi a does dim syniad 'da fi beth i'w neud am y peth. Do'n i ddim yn meddwl bo fi'n *cut out* i fod yn fam o gwbl. Dwi ddim hyd yn oed yn gallu gofalu ar ôl *spider plant* yn iawn. Ond ma 'na rywbeth yn fy rhwystro rhag mynd yn syth i'r clinic, rhywbeth yn fy nal i'n ôl a dwi ddim yn siŵr os taw ofn yw e, neu gobaith.

Mae'n ffôn i'n neud sŵn – dwi 'di cael neges.

Rhod: Heia Sexy Saffi. Sori 'nes i ddim atab dy negas di. Dwi 'di bod yn hollol *snowed under* efo gwaith. Be ti'n neud nos fory? Ti isio mynd am ddrinc? Rhod xx

Ffyc! Be dwi'n mynd i neud?

Pennod 12

ALYS

Wythnos arall yn y gwaith ar ben. O'dd wynebu pawb yr wythnos hon ar ôl fy *meltdown* dydd Gwener dwetha'n *embarrassing.* O'n i'n gallu synhwyro hyd yn oed mwy na'r arfer fod pobl yn siarad amdana i. Mae Arwel dal i ffwrdd hefyd a fe yw'r unig un alla i ymddiried ynddo.

Mae'r tŷ'n dawel o'r diwedd. Mae Cadi wedi setlo, gymerodd hi sbel eto heno, fel petai'n gwybod bod hi'n sabotajo dechrau fy mhenwythnos.

Dwi'n eistedd ar un pen i'r soffa, ac mae Daf y pen arall iddi. Do'n ni ddim yn gallu cytuno beth i'w wylio ar y teledu, felly mae e'n gwylio rhaglen ddogfen am y Beatles ar ei ffôn. Mae'r *baby monitor* mlân, a sain meddal ei hanadl fach yn llenwi'r distawrwydd rhyngon ni. Ma 'da fi wydraid o win gwyn mewn un llaw a'r llyfr roddodd Elina fenthyg i fi ar fy nghôl. Dwi wedi darllen yr un paragraff deirgwaith ond does dim byd yn mynd i mewn.

Mae fy meddwl i'n crwydro yn ôl at yr ysgol. Dwi erioed wedi gallu siwtsio bant, hyd yn oed pan o'n i ar gyfnod mamolaeth, ond nawr ers bod 'nôl mae'r gorbryder yn waeth nag erioed. Mae Mr Williams y cymhorthydd newydd yn dechrau mynd o dan fy nghroen i, ac yn neud bywyd yn anoddach yn y dosbarth bob dydd. Dyw e ddim cweit wedi deall y ffiniau proffesiynol rhwng bod yn gefnogol a bod yn ffrind gore i'r plant.

Dwi'n dal methu credu i mi glywed e'n dweud wrth y plant ar ddechrau'r wythnos: 'Fi yw'r athro "cŵl", dewch ata i os y'ch chi ddim isie siarad gyda Mrs Llywelyn.'

A nawr mae'r plant yn troi ato fe am bopeth, gan gynnwys pethe hollol hurt. Nath un plentyn fy nghyhuddo i o ddwyn ei rwber ddydd Llun. Ddydd Mawrth ces i'r bai am dorri pensil, a ddoe, roedd un bachgen bach mewn dagrau'n dweud bo fi 'di bwyta ei frechdan ham! Yna, pan maen nhw wedi ypsetio, maen nhw'n mynd at Mr Williams am gysur. Yn sydyn, mae e fel rhyw fath o *guru* emosiynol yn y dosbarth, a fi yw'r ddraig ddrwg, gas does dim un o'r plant yn ei hoffi. Bydd rhaid i fi sôn wrth Owain amdano, maen nhw'n ddosbarth digon heriol fel mae hi.

Dwi'n rhy ymwybodol o Daf yn troi ata i ac yn rholio ei lygaid bob tro dwi'n cymryd llwnc o'r gwin 'ma.

Dy'n ni'n dal heb siarad yn iawn am bnawn Gwener dwetha, ond dwi'n gallu synhwyro ei fod e dal yn grac 'da fi. Does dim gair rhyngon ni heno, dim ond sain isel y rhaglen ar y ffôn a'r clinc ysgafn wrth i fi roi'r gwydr 'nôl ar y bwrdd coffi.

Dwi'n codi'n llyfr eto, ond mae fy meddwl yn mynnu crwydro'n ôl at yr ysgol.

Dwi wedi bod yn osgoi Owain ers i fi golli fy hunan fel'na o'i flaen e. Roedd e mor ofalgar, a dwi'n teimlo'n stiwpid pan dwi'n meddwl am y ffordd 'nes i lefen. Ond mae rhywbeth amdano fe... ei bresenoldeb tawel, ei hyder a'r ffordd mae pawb yn edrych arno gyda pharch – y plant, staff a hyd yn oed y rhieni. Mae'n bennaeth sy'n gwneud i bobl *isie* ei blesio, nid oherwydd eu bod yn ei ofni, ond oherwydd ei fod yn rhywun ti ddim isie ei siomi.

Dwi'n gwybod pwy yw ei wraig hefyd, mae hi'n fenyw neis, mae'n gwisgo tiwnics cotwm a gemwaith mawr. Mae hi'n ymddangos mor gartrefol a chytbwys, fe petai bywyd yn dod yn hawdd iddi. Mae'r plant yn llwyddo ym mhob dim hefyd: chwaraeon, yr ysgol, a'r Eisteddfod. Teulu perffaith, ac am ryw reswm mae hynny'n corddi rhywbeth rhywle'n ddwfn.

Dwi'n edrych dros y stafell at Daf, mae ei wyneb wedi'i oleuo gan sgrin ei ffôn, yr un wyneb ond mor wahanol i'r dyn 'nes i gwympo mewn cariad gydag e. Mae'r crychau ar ei dalcen yn amlycach nawr, mae'n edrych mor grac, trist a siomedig bob dydd. Mae'r sbarc 'na wedi diflannu... y sbarc oedd yn ein gwneud ni yn *ni*. Dwi ddim yn meddwl ein bod ni wedi cael rhyw ers cenhedlu Cadi.

Mae fy ffôn yn dirgrynu ar y bwrdd coffi. Dwi'n plygu mlân i'w nôl e'n gyflym.

Owain Lewis. Dwi'n troi ychydig, yn reddfol, fel bo Daf ddim yn gallu gweld y sgrin.

> **Owain:** Gobeithio bo ti'n iawn, Alys. Heb weld ti lot wythnos 'ma. Gofala ar ôl dy hun dros y penwythnos. Bydda i'n meddwl amdanat ar Sul y Mamau. Cofia, mae fy nrws i wastad ar agor. Owain x

'Pwy sy'n tecstio ti?' mae'n gofyn, heb edrych i fyny o'i ffôn.

'O... neb. Jest Saffi,' dwi'n ateb, gan deimlo'n euog.

Mae fy wyneb i'n chwilboeth, yr adrenalin a'r ofn o gael fy nal yn dweud celwydd. Dwi'n edrych lawr ar y tecst eto, mae 'nghalon i'n curo'n rhy glou.

Waw, dyw e braidd byth yn tecstio mas o oriau gwaith. A sws, dyw e ddim fel arfer yn anfon swsus. Dwi'n dechrau teipio'n araf:

Yna'n stopio. A ddylen i ofyn cwestiwn er mwyn cadw'r sgwrs i fynd? Neu gadw'r tecst yn fyr? Un 'x', neu ddwy? Llythyren fawr, neu fach? Dwi'n newid o ddwy i un. Llythyren fach.

> **Alys:** Dwi'n ocê, diolch. Diolch am feddwl amdana i. Alys x

Send.

ELINA

Ro'n i'n arfer caru nos Wenar, diwedd wythnos yn y gwaith, ond rŵan dwi'n dredio penwythnosa ar fy mhen fy hun. Yn yr wsnos ma 'na grwpia babi a chlybia ac ma 'na ryw gysur mewn gweld pobl erill yn mynd i'r gwaith a finna'n cael treulio'r diwrnoda'n gofalu 'rôl y babi mwya biwtiffwl yn y byd. Ond ar y penwythnosa ma'n unig gwylio teuluoedd allan efo'i gilydd ym mhob twll a chornel. Ma Sul y Mamau penwythnos yma a dwi'n dredio bod ar fy mhen fy hun ar 'i gyfar o. Dwi'n trio atgoffa fy hun bo fi'n lwcus i fod yn fam, ond dwi'n drist bydd 'na neb yma i wneud ffys ohona i ar gyfer fy Sul y Mamau cynta un. Dwi 'di ffeindio grŵp ar Facebook ar gyfar rhieni sengl yng Nghaerdydd. Dwi'm yn edrych llawer arno fo oherwydd ma fy sefyllfa i'n wahanol i'r rhan fwya, er bod dewis bod yn rhiant sengl yn dod yn fwy poblogaidd. Ma'n gysur fod na famau erill sy'n teimlo'r un fath â fi wrth wynebu'r diwrnod yma.

Dwi 'di prynu trîts bach i fi fy hun ar gyfar dydd Sul – bag mawr o Jelly Babies, tin o G&T a *facemask* – sneb arall yn mynd i 'nhrîtio i. *Sod it*, dwi'n meddwl wna i eu hagor nhw rŵan gan fod Mabon yn cysgu.

Dwi'n gwisgo fy mhyjamas pinc leopard print, clymu fy ngwallt ar dop fy mhen, rhoi'r *facemask* sy fatha papur gwyn ar fy wyneb, a rhoi fy hoff ffilm ar y teledu – *The Devil Wears Prada*. Dwi wrth fy modd efo'r ffilm 'ma. Dwi'n teimlo'n eitha cyfforddus, a ma rhan ohona i'n falch 'mod i yma ar fy mhen fy hun a neb yn medru 'ngweld i.

Beth oedd hwnna? Mae cnoc ar y drws! Pwy sy 'na rŵan?

Dwi'n agor y drws yn gul a sbecian drwyddo fo. '*Oh my GOD*! TOM!'

'Ffyc me, El, ti'n edrych yn *scary* 'da hwnna ar dy wyneb!' Dwi mor falch o'i weld o, dwi mor ffwcin falch! Dwi'n teimlo fel crio, *actually*, dwi *yn* crio, a dwi'n neidio i'w freichia fo a dwi'n gweld dros ei ysgwydd o fod ganddo fag llawn anrhegion a balŵn.

'O'n i'n methu dy gael di'n dathlu Sul y Mamau ar ben dy hunan,' mae'n deud gan roi balŵn masif i fi'n deud 'World's Best Mother' arno fo. 'Dwi'n gwbod fod e'n gynnar, ond o'n i methu cuddio balŵn yn fy mag! Ond cei di'r rhain dydd Sul,' ma'n deud gan gyfeirio at y bag anrhegion.

'Ti mor *sweet* Tom, diolch, dwi'm yn gwbod be i ddeud, dwi mor ddiolchgar, ma hyn yn meddwl y byd...' Yna dwi'n cofio. 'Be am Matt? Sut mae o?'

'Ma Matt yn iawn, popeth *under control* ac mae ei chwaer e gyda fe *weekend* 'ma, felly dwi 'di dod i dreulio bach o amser 'da Mabon a ti.'

Mae o'n dod i fewn i'r tŷ, a dwi'n mynd i olchi'r mwgwd oddi ar fy wyneb. Dwi'n estyn cwrw iddo fo ac ma genna i fy tin o

G&T pinc, a 'dan ni'n ista ar y soffa. Does neb yn nabod fi cystal â'r dyn yma.

'So, be ti 'di bod yn neud?' mae'n gofyn.

'Ha! Ma gynna i *loads* i ddeud 'tha ti...' a dwi'n deud wrtho fo am bopeth, Gwyn a Sara Ffycin Mai, Saffi ac Alys.

'Waw! Ma Saffi'n swnio fel bach o Diva...'

Dwi'm yn ei nabod hi'n dda, ond dwi'n teimlo fod rhaid i mi ei hamddiffyn hi, er bo fi'n cytuno efo Tom.

'Yndi, ond ma hi'n annwyl, 'sti, a dwi'n teimlo drosti, 'de. 'Di ddim yn gwbod pwy ydi hi'n iawn eto. Ma hi'n meddwl bo hi'n gry', ond *actually*, ma hi dal yn reit *vulnerable*...'

'Fel ti, 'te!' ma Tom yn deud efo gwên a dwi'm yn siŵr os ma'n jocian. Dwi'm yn *vulnerable,* nacdw. Dwi 'di teimlo fatha hogan gref erioed. Mae o'n cymryd gyts i adael bywyd pentra bach efo 'nheulu i gyd o 'nghwmpas i er mwyn byw mewn dinas lle does genna i ddim teulu o gwbl. Ma'n cymryd gyts i sefyll efo 'mhen yn uchel a dal fy nhir wedi cael fy nhrin fatha baw gan Gwyn. A ma'n cymryd dynas gref a phenderfynol i fagu plentyn ar ei phen ei hun.

'Heeey!' dwi'n ymateb gan daflu cwshin ato.

'Jôc, jôc!' ma'n deud, ond ai jôc o'dd hi go iawn?

'Dan ni'n parhau i sgwrsio, yfed cans a byta Jelly Babies. 'Dan ni'n trafod Mabon ac mae o'n deud y diweddara am sefyllfa Matt, sy'n edrych yn obeithiol. Dwi'n falch ac yn hapus dros y ddau ohonyn nhw, ond ma ffordd bell i fynd eto.

'Felly, be newn ni fory? *Family day out,* ie?'

'Ia plis, Castall Coch?' dwi'n cynnig, 'dwi 'di bod isio mynd yno ers oes.' Bob tro o'n i'n ei weld o o'r A470 yn sbecian drwy'r coed fatha castall tylwyth teg, o'n i'n meddwl pa mor hudol fysa fo i fynd yno efo fy mhlentyn fy hun un diwrnod.

Er bod Mabon lot rhy ifanc i ddallt, mi fysa mynd yno'n sbesial i mi.

'Castell Coch amdani!'

Dyma sut o'n i 'di gobeithio fysa bywyd yn cyd-rianta efo Tom. Dwi'n mynd i fwynhau a gwerthfawrogi pob munud achos pwy a ŵyr pryd fydd o'n medru dod lawr eto.

SAFFI

'Nes i ddim ymateb i Gwyn/Rhod. 'Nes i adael e i aros fel mae e 'di neud i fi. Mae wythnos gyfan wedi mynd erbyn hyn.

Dwi'n gorwedd ar fy ngwely i. Dyma'r lle gore i ymlacio yn y tŷ 'ma, yr unig le ga i lonydd. Ces i fwy o luniau drwyddo o'r *photo shoot* yn Milan. Lluniau eitha pryfoclyd ohona i mewn mewn dillad isa sydd mor *see through* a *lacey* dy'n nhw bron yn cuddio dim byd. Ond maen nhw'n edrych yn dda – dwi'n *slim*, gyda bronnau mawr a phen-ôl fel Beyoncé, a dwi'n gwybod byddan nhw'n cael lot o sylw. Dwi newydd eu postio nhw a dwi'n gobeithio ga i fwy o *likes* nag erioed. Pan dwi'n teimlo'n isel neu'n wael yn fy hun, dwi'n postio ar Insta ac mae'r sylw a'r *likes* yn codi fy nghalon a'n hunanhyder i. Mae e fel *addiction*, dwi'n gwybod bod e ddim yn iach. Rhywbeth i lenwi'r bwlch. Mae'n neud i fi deimlo'n gryf, yn ddiddorol, yn rhywiol, hyd yn oed os yw hynny dim ond am funud neu ddwy.

Mae'r *likes* yn dod drwyddo nawr a dwi'n dechrau byzan. Mae 'na *comments* hefyd: emoji calon; emojis fflamau; emojis llygaid siâp calon... hang on... beth yw hwn?

Mae 'na sylwadau cas yn dod drwyddo hefyd. Dwi wastad yn cael ambell un, ond mae lot mwy na'r arfer.

cazza123 Neis gweld ti'n *desperate* am *likes*.

alexpain_2000 Put your clothes on, your bum is way too big for that thong.

Mae'n teimlo fel petai rhywun wedi rhoi slap i fi yn fy wyneb.

skinnymacaroni Big bums are out skinny is in, haven't u heard?

welshkaren234 Dyma be sy'n digwydd pan ti heb bersonoliaeth.

Fel pwnsh i'r stumog dwi'n teimlo'n sâl.

Feebee2005 Have some self respect, you're too old to be showing yourself off like that.

Hen? Mae unrhyw oedran dros dri deg yn hen i bobl ifanc. *Oh my gosh*, mae hyn yn *horrible*, dwi ddim 'di cael fy trolio fel hyn o'r blaen! Mae llwyth ohonyn nhw'n dod drwyddo. Bwlis afiach! Be ddigwyddodd i ferched yn cefnogi ei gilydd? Be ddigwyddodd i #Byddyngaredig. Be dwi 'di neud i haeddu hyn?

Alexismoss99 U think ur all it but ur old, fat and ugly.

SazzieMai2468 This comment section is not it. Are you all jealous? She's stunning, an absolute icon.

Dwi'n nabod y ddolen yna, dwi di stôcio hi ddigon – Sara Mai. Mae'n sticio lan i fi! Ydi hi'n gwybod pwy ydw i? Pam bo hi mor neis i fi? Dwi'n sgrolio i lawr. Mae 'na lwyth o *comments* ganddi yn dadlau gyda trols. Falle bo hi'n ferch neis wedi'r cyfan. Dwi'n teimlo'n euog nawr. Er bod y *comments* 'ma'n brifo lot, mae'n twymo 'nghalon i bo hi'n cymryd yr amser i amddiffyn fi. Dy'n ni erioed wedi cwrdd – pam bo hi'n neud hyn? Mae'n amlwg bod dim syniad 'da hi bo fi wedi cysgu gyda'i chariad hi, ac yn cario'i fabi e. Neu ydi hi'n gwybod yn iawn am y noson 'na ac mae'n fater o *keep your friends close, your enemies closer*?

Dwi'n rhoi fy ffôn yn nrôr y cwpwrdd ger y gwely. Alla i ddim wynebu'r bwlis 'ma rhagor. Gan droi ar fy ochr a chwtsho'r cwrlid dwi'n gadael i'r dagrau lifo lawr fy mochau gan ryddhau'r holl emosiynau, *stress* a phryder sy 'di bod yn casglu dros yr wythnosau dwetha. Dwi'n gwybod taw erthyliad fydde'r peth 'call' i'w neud, ac er nad yw hi wedi dweud, dwi'n gwybod oddi wrth wyneb ac ymateb Alys ei bod hi'n meddwl hynny, ac Elina siŵr o fod. Ond dwi ddim isie byw y bywyd 'ma rhagor, gweithio mewn swydd dwi'n ei chasáu a byw mewn *houseshare*. Falle '*mod* i'n rhy hen i fod yn posio yn fy nillad isa. Falle bo fi angen tyfu lan a chael mwy o hunan-barch.

Gall y babi 'ma newid popeth. O'n i'n ofni'r newid. Ond falle bod newid yn beth da. Alla i ffeindio fflat i fi a'r babi, alla i neud incwm ychwanegol drwy newid fy nhudalen i ryw fath o Mummy Blogger – #Mothersdoingitontheirown; #Empoweringmothers. Dwi'n gwybod bydd e'n anodd, ond mae Elina'n gallu gwneud e, a does ganddi hi ddim teulu o'i chwmpas. Dwi wir yn meddwl y galla i neud hyn. O'dd bod yn fam ddim yn rhywbeth o'n i isie, ond nawr bo fi'n disgwyl, dwi wir ddim yn meddwl y galla i gael gwared ohono fe. Dwi'n teimlo fel bod fe neu hi yn rhan ohona i'n barod a falle fod hwn yn *meant to be*...

Os ydw i'n penderfynu cadw'r babi, bydd rhaid i mi ddweud wrth Gwyn. Dwi ddim yn siŵr pryd, chwaith. A ddylwn i aros tan y sgan deuddeg wythnos? Dwi ddim isie fe i drio fy mherswadio i i gael gwared o'r babi os ydw i wedi penderfynu ei gadw. A beth am Sara Mai a'u babi nhw? Er bod yr holl sefyllfa'n llanast llwyr, mae rhywbeth yndda i'n gwybod bod hwn yn benderfyniad dwi angen ei wneud ar fy mhen fy hun, heb i unrhyw un arall ddylanwadu arna i. Mae'n sgeri, mae'n anodd, ond dwi'n dechrau sylweddoli mai fi yw'r un sy'n gorfod byw gyda'r canlyniadau, ac ar ryw lefel, mae hynny'n rhoi rhyw fath o nerth i fi.

Pennod 13

SAFFI

Mae'n Sul y Mamau heddi ac mae fy mhenderfyniad i gadw'r babi'n gadarn yn fy meddwl. Dwi'n mynd i fynd â cherdyn a blodau i Mam sy'n byw ochr arall y ddinas, ond dwi 'di penderfynu popio mewn i ganol y dre ar y ffordd am bach o *retail therapy* ar ôl y sylwadau uffernol 'na ar fy mhost dwetha (sydd nawr wedi cael ei ddileu). Gan fod yr haf yn dod, mae angen cwpwl o bethe arna i ar gyfer y tywydd braf.

Dwi'n mynd mewn i John Lewis ac yn cerdded o gwmpas yn edrych ar y dillad er bo fi ddim wir yn gallu fforddio unrhyw beth yma. Dwi'n codi ambell un ac edmygu eu prints bras, lliwgar. Dwi'n sylwi ar y dillad plant yng nghefn y siop ac yn rhoi'r dilledyn o'n i'n ei ddal 'nôl i hongian. Dwi'n cael fy nenu i fynd i edrych ar y dillad babi. Mae'r setiau bach o ddillad hollol *tiny* mor ciwt. Dwi'n gweld cardis meddal lliwiau niwtral, hetiau gyda chlustiau, crysau T streipiog a dyngarîs bach denim, legins streipiog, siacedi, cotiau glaw a gwisgoedd nofio twt. Ac yna dwi'n eu gweld nhw, pâr o Converse bach leopard print yn union fel fy rhai i.

Dwi'n sefyll yn edrych ar y sgidiau ac yn dechrau dychmygu mini fi'n eu gwisgo, a dwi'n dechrau teimlo'n gyffrous. Yn sydyn, dwi'n gweld ffigwr cyfarwydd gyda gwallt hir melyn yn rhydd dros ei sgwyddau yn dotio at ddillad babi hefyd. Sara Mai. Cyn i mi allu cerdded i ffwrdd neu guddio, mae'n troi ac yn fy ngweld i.

'Helô, sori, dwi'n gwbod 'mod i'n swnio'n *weird*...' mae'n dweud gan wenu braidd yn swil, 'ond dwi'n dilyn ti ar Insta, Saffi Akintola, ie?' Mae'n hollol amlwg dyw hi ddim yn gwybod bo fi wedi cysgu gyda'i chariad... neu gyn-gariad.

'Ti ddim yn *weird*, paid â bod yn sili, dwi'n joio cwrdd â'n *followers* i,' medde fi mor naturiol â phosib. Mae'n dechrau ymlacio.

'Gobeithio bod dim ots 'da ti bo fi'n dweud, ond 'nes i sylwi bo pobl yn rili mynd amdanat ti ar dy bost diwetha, a... wel... o'n i'n meddwl bo nhw'n rili gas ac annheg 'da ti. 'Nes i drio sticio lan i ti, dwi'n meddwl bo ti'n rili cŵl a dwi'n lyfio dy stwff di ar y *socials*, dwi 'di bod yn dilyn ti ers *ages*...' Mae'n edrych yn rili lletchwith eto. 'Sori, dwi'n swnio fel real *fan girl* ond dwi'n gwbod sut mae'n teimlo i gael dy trolio, dwi 'di cael e lot fy hun... a ti'mod, rhaid i ni ferched amddiffyn ein gilydd.'

Mae hi'n ymddangos mor ifanc a diniwed, dim fel y bitsh nath Elina neud hi mas i fod o gwbl. Mae'n amlwg bod ganddi empathi a chalon fawr. Dwi'n cynhesu ati. Mae'n edrych fel dol fach ddiniwed gyda'i llygaid mawr glas ac amrannau hir du, croen hollol glir, gwefusau llawn, pinc tywyll, bwmp bach taclus a llais sy'n swnio'n iau na'i hoed. Mae 'na rywbeth unig amdani, ac mae hi ymhell o fod y ferch sicr a llawn o'i hunan fel ro'n i wedi'i ddychmygu.

Ry'n ni'n sgwrsio chydig am hyn a'r llall ac wedyn mae'n gofyn...

'I bwy ma'r Converse?' Am eiliad, dwi ddim yn gwybod am beth mae hi'n sôn, yna dwi'n cofio am y sgidiau bach yn fy llaw.

'O ym, dwi ddim yn eu prynu nhw... jest yn edrych, maen nhw mor ciwt,' dwi'n ateb.

'Ydyn, maen nhw. Dwi'n *due* mewn rhyw ddeufis, dwi 'di gwario LOT gormod o arian ar ddillad i'r babi'n barod!' mae'n dweud gyda gwên a'i llygaid yn pefrio. 'O, drycha ar hwn gyda phrint heulwen a'r het felen yn matsio! Mae'n lyfli... ond well i fi beidio,' mae hi'n dweud gan roi e 'nôl ar y rac.

'Ydi, mae'n *gorgeous*,' dwi'n dweud. 'Chi'n gwbod be chi'n gael? Merch neu fachgen?'

'Na, dy'n ni ddim wedi ffeindio mas. Dwi wir isie gwbod, ond dyw'r tad ddim isie.' Diddorol ei bod hi'n dweud 'y tad' ac nid 'fy mhartner.'

'Mae'n hwyl i ddyfalu, ddo,' mae'n dweud cyn ychwanegu, 'mae rhai pobl yn dweud 'mod i'n cael bachgen achos siâp y bwmp, ond yn ôl y calendr Tsieineaidd, merch yw hi.' Dwi'n edrych arni am gwpwl o eiliadau er mwyn penderfynu.

'Dwi'n meddwl mai bachgen yw e,' dwi'n dweud yn hyderus.

'Ti 'mod beth, a fi,' mae'n dweud gan rwbio ei bol a gwenu. Gwyn bach arall yn y byd? Mae un yn ddigon, dwi'n meddwl wrthaf fi fy hun.

Yna, yn hollol annisgwyl mae'n gofyn, 'Hei, ti ffansi mynd am goffi?'

Mae'n rhaid bod y panic ar fy wyneb yn glir achos ychwanegodd yn sydyn, 'O sori, ti *probably* yn rili brysur, sori, dwi'n gallu bod yn *forward* weithie.' Druan, dwi'n teimlo drosti, sdim byd gwaeth na theimlo'n *anxious* dros *social faux pas*. Er mor annwyl yw hi, gyda'r sefyllfa 'ma dwi ynddi, dyle fi rili, rili ddim mynd am goffi 'da hi. Bydde neud ffrindie 'da hi jest yn ychwanegu lefel arall o gymhlethdod... ond dwi ddim isie iddi boeni mai hi sy 'di neud rhywbeth o'i le, ac mae rhan ohona i wir isie gwybod beth yw'r sefyllfa rhyngddi hi a Gwyn.

'Na, na, paid â phoeni, o'n i jest ddim yn siŵr faint o amser sy gyda fi... dwi'n mynd at Mam prynhawn 'ma... ond ti'mod beth, ma 'da fi bach o amser, os ti ffansi?'

Mae hi'n cytuno. O shit, be dwi 'di neud?

Ry'n ni'n mynd i'r caffi sydd lan ar y llawr nesaf, ac yn archebu *frappé decaff* yr un. Mae'n dweud wrtha i am ei beichiogrwydd, y salwch a'r *stretch marks*, ac mae'n neud i fi deimlo braidd yn ofnus am yr hyn sydd i ddod. Dwi 'di dechrau teimlo'n *dodgy* yn barod, a dwi ddim isie i bethe fynd yn waeth.

Dwi'n penderfynu manteisio ar y cyfle a thrio gweld beth yw'r diweddaraf rhyngddi hi a Gwyn.

'So, wyt ti wedi priodi?' dwi'n gofyn gan wybod yr ateb yn iawn. Mae hi bron â thagu ar ei diod. 'HA! Nadw, diolch byth! Dyw'r tad a fi ddim 'da'n gilydd ar hyn o bryd, ni'n cael brêc, ond ma'n gymhleth achos ni 'di arwyddo contract i wneud y rhaglen *fly on the wall* 'ma, sydd gobeithio'n mynd i agor dryse i'r ddau ohonon ni, so ni'n gorfod esgus ein bod ni'n dal 'da'n gilydd...' Mae'r *storyline* enwog o'r sitcom *Friends* yn dod i 'meddwl i, ond wna i ddim dweud unrhyw beth, bydde hynny'n amhriodol – mae hi siŵr o fod yn rhy ifanc i gofio ta beth. 'Paid â dweud wrth neb...' mae'n dweud gyda phanic yn ei llygaid glas, mae'n amlwg yn un sy'n siarad heb feddwl, druan.

'O na! Wna i ddim dweud wrth unrhyw un!' dwi'n dweud gan ffugio syrpréis. 'Ga i ofyn pam bo chi ar brêc?'

'Stori hir, ond *basically*, doedd y babi ddim yn pland. Dwi mond yn 25, ac er bod e lot hŷn, o'dd e'n barod i aros am o leia pum mlynedd arall. O'dd stwff o'dd y ddau o'n ni isie'i neud a chyflawni cyn dechrau teulu, ond ro'dd gan ffawd syniadau eraill ar ein cyfer... Pan 'nes i ffeindio mas fod babi ar y ffordd o'n i *actually* yn rili hapus, o'n i'n teimlo fel bod e *meant to be*...' Dwi'n nabod y teimlad yna'n iawn.

'O'dd Gwyn i weld yn hapus am y peth hefyd a dyna pham naethon ni arwyddo'r contract ar gyfer y rhaglen 'ma – o'dd yn syniad da ar y pryd. Ond wedyn ar ôl bach, nath e ddechrau ffrîcio mas, a mynd yn *withdrawn* iawn. O'dd e'n actio lan i'r camerâu fel petai e wir yn gyffrous i fod yn dad, ond wedyn, pan o'dd jest y ddau ohonon ni, bydde fe'n wirioneddol dawel ac yn gwrthod siarad am y babi; gwrthod ffeindio mas am y rhyw er bo fi rili isie gwybod. Dyw e ddim yn fodlon i fi sôn am enwau. Mae'n gwrthod neud planiau, gwrthod neud stafell wely iddo fe neu hi...' Waw, mae e'n mynd i joio clywed bod un arall gyda fe ar y ffordd, dwi'n meddwl yn dawel bach, dyle fe rili fod wedi bod yn fwy gofalus.

'Ti'n meddwl wnei di gael e 'nôl os bydd e'n newid ei agwedd? Falle bod e jest angen amser i ddod rownd i'r syniad...' dwi'n cynnig.

'Dyna o'dd y bwriad. Y syniad tu ôl i'r brêc o'dd i jest rhoi lle iddo fe i gael ei ben o gwmpas y peth, bach o bellter i fi hefyd achos o'dd ei agwedd e'n tynnu fi lawr... Ond wedyn nath rhywun ddweud wrtha i bo nhw 'di gweld e'n gadael Clwb y Lleuad gyda rhyw ferch arall...' Mae 'nghalon i'n neidio i 'ngheg i. Ffyc. Sut fydde rhywun sy'n clywed y newyddion yma am y tro cyntaf yn ymateb?

'Shit, Sara! Ma hwnna'n *awful*! *What a knob*!' medde fi gan obeithio bo fi'n *convincing*.

'Dwi'n gwbod,' mae'n dweud gan ochneidio ac edrych lawr ar ei diod.

'Ti'n gwbod gyda phwy nath e cheatio?' Dwi'n gofyn yn hamddenol.

'Na, dim syniad.'

'Ie, dyw e ddim wir yn neud gwahaniaeth *pwy* yw hi, yw e?' dwi'n dweud. Dwi rili isie newid y pwnc nawr, dwi'n teimlo mor euog, mor lletchwith a dwi jest isie gadael. Yn lwcus, mae'n amser i fi orfod gadael ta beth felly mae 'da fi reswm da.

Dwi'n dweud mor gynnes â phosib – fel nad yw hi'n meddwl bo fi'n rhedeg i ffwrdd – bod yn rhaid i fi fynd.

'Diolch i ti, a sori am dy fwydro di 'da holl fanylion fy mywyd i... dwi'n poeni bo fi wedi gor-rannu,' mae'n dweud gydag ychydig o gywilydd.

'Ddim o gwbl! Dwi 'di mwynhau cyfarfod â ti'n iawn. A diolch am fy amddiffyn i ar-lein.' Dwi'n dymuno pob lwc iddi gyda'r beichiogrwydd, ac ry'n ni'n cytuno o ran cwrteisi i aros mewn cysylltiad. Mae hi mor hyfryd – sy'n neud popeth cant gwaith yn fwy anodd a dwi'n teimlo bach yn euog bod dim syniad 'da hi pwy ydw i na beth yw fy mwriad i.

Dwi'n gwybod be sy'n rhaid fi neud nawr. Dwi'n tecstio Rhod.

Saffi: Haia, sori, 'nes i ddim ateb, dwi 'di bod yn brysur gyda gwaith hefyd. Bydd cwrdd lan yn grêt, ble a phryd? S x

Rhod: Nos fory? Wn i am rwla bach neis X

Tawel mae'n golygu, lle bydd neb yn ei nabod e.

Saffi: It's a date x

ELINA

O'dd ffarwelio efo Tom yn anodd heno. 'Nes i a Mabon gerddad efo fo i'r orsaf drên. Sneb yn neud i fi chwerthin fel fo, ac mae o'n fy *nallt* i. Roedd o'n un o'r ffarwéls 'wela i di pan wela i di' 'na, nath 'y mhigo i yn fy ngwddf. Doeddan ni ddim yn deud dim byd trwm, ond roeddan ni'n dau'n teimlo'r pwysa o beidio gwbod pryd fyddwn ni'n gweld ein gilydd eto. Dyna sut ma bywyd erbyn hyn, dim amserlen, popeth yn troi o gwmpas cysgu a bwydo a be bynnag 'di trefn triniaeth ac adferiad Matt.

Dwi'n cerddad yn ara deg trwy Barc Biwt. Ma'r ddinas reit tu ôl i'r coed ond does dim sŵn i'w glywad. Ma'r llwybr o'm blaen yn ddisglair ac yn euraidd yn y machlud. Ma'r gola meddal 'ma ar ddiwedd y dydd yn neud i bopeth deimlo ychydig yn fwy arwyddocaol, a dwi'n teimlo fatha stopio bob pum munud i gymryd llun o rwbath... unrhyw beth... mae popeth yn edrych mor hardd.

Ma Mabon yn cysgu'n dawel yn erbyn fy nghorff, wedi'i glymu'n dynn yn y sling, ac ma'i het fach wlanog las efo clustia bach yn llithro dros un lygad. Dim ond chwe wythnos oed – dwi dal methu coelio hynny, ma'n teimlo fatha oes ond eto fatha chwe munud.

Roedd Sul y Mamau heddiw yn... berffaith, go iawn, mi oedd o. Yn ogystal â'r ymweliad annisgwyl gan Tom nos Wenar a'r balŵn mawr hyfryd, ces i agor bag yn llawn o drîts bora 'ma – fy hoff siocled yn y byd, mŵg yn deud 'Mam orau', petha bath pampro, sana fflyffi a *voucher* i gael fy ewinedd 'di neud yn fy hoff salon lleol. Nath Tom neud brecwast i mi, a nath o wylio Mabon fel bo fi'n medru cael bath hir. Dwi erioed wedi gwerthfawrogi rwbath cymaint.

Ond wrth i mi gerddad drwy'r tawelwch euraidd yma, ma 'na bigyn o euogrwydd yn fy mol. Am flynyddoedd, roedd y diwrnod yma'n un trwm i mi. Yn atgoffa fi o'r hiraeth am yr hyn nad oedd genna i eto. Ac ro'n i'n casáu gweld y postiadau ar y cyfryngau cymdeithasol, y blodau, y cardiau, y geiriau sopi. A rŵan – dyma fi, yn byw'r peth. Y *teip yna* o berson. Dwi'n gwbod pa mor lwcus dwi. Ella dyna pam mae o'n teimlo mor fregus.

Ma'n ddistaw yn y parc, yn fwy distaw na'r arfer. Ma 'na chydig o bobl yn cerddad cŵn yn y pellter. Ma tawelwch nos Sul yn hongian ar y ffin rhwng bod yn annifyr ac yn gysurus, a phawb yn eu tai'n paratoi am wythnos arall yn y gwaith. Wythnos newydd ar y gorwel, pwy a ŵyr beth sydd o'n blaena ni?

Tybed sut ma Alys heddiw? Dyma'i Sul y Mamau cynta hi heb ei mam. Gobeithio bod Daf wedi'i sbwylio hi. A thybed sut ma Saffi? Dwi'n teimo fatha rhoi cwtsh mawr iddi, bechod.

Dwi'n rhoi fy llaw yn dyner ar y corff bach sy'n cysgu'n drwm yn fy erbyn i, yn teimlo'r gwres a'r anadlu cyson. Dwi'n sibrwd 'diolch' wrtho fo ac i bwy bynnag sy'n gwrando.

ALYS

Mae'r stafell folchi'n llawn arogl siampŵ Cadi, y math sy'n arogli fel mefus plastig, a thipyn bach o arogl lafant sy'n dod o'r olew bach dwi'n ei roi yn y bath i'w helpu i gysgu. Mae hi'n sgleinio'n lân, ei chroen meddal fel cotwm.

Sul y Mamau heddi.

Ges i gerdyn bach neis bore 'ma gan Daf, wrth gwrs, ond wedi'i lofnodi 'Oddi wrth Cadi x' gyda llun bach o flodyn ar y blaen. Ces i flodau 'fyd, cennin Pedr o'r archfarchnad, ond maen nhw'n edrych yn bert yn un o hen fasys Mam. Dwi'n ddiolchgar, wir. Ond mae'r teimlad gwag yna'n dal i fod. Daf gafodd aros yn y gwely bore 'ma tan ganol dydd, nid fi. Dyw fy meddwl rhesymegol, synhwyrol ddim yn beio fe, rili, mae e 'di bod yn y gwaith drwy'r wythnos ac mae'n dal i gael diwrnode tywyll ambell waith, er ei fod ar dabledi. Ond mae rhan ohona i'n methu peidio dal dig, a dwi isie shiglo fe! O'n i wedi bod yn gobeithio bydde rhywbeth bach mwy heddi. Dim byd mawr – jest rhyw eiliad o sylw, rhywbeth o'dd yn gwneud i fi deimlo fel bo fi'n cael fy ngweld. O'dd Mam wastad yn neud i fi deimlo'n sbesial.

Wnes i bori trwy Instagram yn y prynhawn ac wedyn difaru'n syth. Ro'dd pawb arall yn cael brecwast yn y gwely, mynd am ddiwrnod sba, diwrnode mas gyda'r teulu, te prynhawn a phroseco. Dwi'n edrych lawr ar fy hun – hen grys T Daf dwi'n wisgo gyda gwaelodion pyjamas sy ddim yn matsio o gwbl, ac mae 'ngwallt mewn bynsen dynn anffafriol.

Dwi'n dechrau gwisgo Cadi mewn pyjamas bach gyda llun Peppa arnyn nhw – wrth gwrs, mae hi'n protestio ac yn gwingo ac mae'n cymryd lot mwy o amser na ddyle fe. Wedi dweud 'ny, mae hi wedi bod yn setlo'n well yn ddiweddar ac ers dechrau'n y feithrinfa. Dwi'n meddwl ei bod yn hoffi trefn cyson ac mae'n help nad y'n ni'n gweld gymaint o'n gilydd. Mae 'da fi fwy o amynedd. Mae ei wyneb yn goleuo pan mae Anti Becki yn agor drws y feithrinfa a dyw hi ddim yn edrych 'nôl.

Er 'mod i wedi cael yr emosiwn mawr mas yn gynharach yn yr wythnos, mae Mam wedi bod yn dawel ar fy meddwl i heddi. Mae hi wedi bod yn flwyddyn hebddi hi, bron. Dwi ddim yn gwybod beth sy'n brifo fwyaf – fod Mam erioed wedi cael y cyfle i gwrdd â'i hwyres fach neu'r ffaith fy mod i'n gorfod bod yn fam heb fy mam fy hun i roi cyngor, cwtshys, neu eiriau o gysur?

A dwi'n gwybod ei fod e'n hen ddiawl o beth i'w ddweud, ond dwi'n edrych mlân at fynd 'nôl i'r gwaith bore fory, achos o leiaf ga i adael y tŷ a gweld Owain.

Dwi'n rhoi Cadi i lawr yn ei chot heb ddim trafferth heno, sy'n beth da achos dwi 'di blino'n ofnadwy ar ôl yr holl emosiynau dwi 'di bod yn eu teimlo a'u cuddio heddi.

'Nos da, cariad bach,' dwi'n dweud wrthi'n dawel, yn pwyso fy ngên ar ymyl y cot.

Dwi'n mynd i'r gwely'n syth er mwyn gorffen y diwrnod yn gynnar. Nawr mae'r dagrau'n dod yn gwbl ddirybudd ac yn llifo'n dawel i'r gobennydd. Mae Daf lawr stâr, y teledu'n swnllyd yn erbyn y distawrwydd, ac mae'r pellter rhyngon ni'n teimlo'n fwy nag erioed.

Pennod 14

SAFFI

Dwi'n gwisgo jîns glas gyda *flares* mawr a thop du gyda llewys hir sy'n dangos siâp fy nghanol i fynd i gyfarfod Gwyn. Dwi ddim yn 'dangos' eto, ac isie gwisgo'r top 'ma tra 'mod i'n dal yn gallu. Shit, bydd rhaid i fi gofio galw fe'n Rhod achos dyw e ddim yn gwybod bo fi'n gwybod pwy yw e. Mae 'ngwallt i lawr a dwi 'di sicrhau 'mod i'n arogli'n neis. Dwi ddim isie unrhyw beth ganddo fe, ond dwi isie iddo fe sylweddoli be mae'n ei golli.

Ry'n ni 'di trefnu i gwrdd mewn bar bach yng nghanol y dre, un o'r rhai cudd *speakeasy* 'na sy'n dywyll iawn ac mae'r coctêls yn ddychrynllyd o ddrud. Bydda i'n dweud wrtho fe bo fi ddim yn yfed achos bod gwaith 'da fi fory a bo fi'n neud *detox* neu rywbeth.

Dwi'n cerdded mewn ac mae e yna'n barod. Mae'n edrych yn well na phan weles i e y tu fas i'r tŷ ond ddim cweit fel dwi'n ei gofio fe chwaith. Mae'n codi ar ei draed i gyfarch fi.

'Haia Saffi, ti'n edrach yn... Waw!' mae e'n dweud gan fflachio'r wên *amazing* 'na. Dwi'n gwenu 'nôl.

'Neis i dy weld di,' dwi'n dweud wrtho ac yn eistedd gyferbyn ag e. Ni'n dewis ein diodydd, dwi'n gadael iddo dalu, a dwi'n esbonio pam bo fi ddim am yfed alcohol heno. Dwi'n falch bod e ddim yn holi mwy nac yn rhoi pwysau arna i i yfed. Ydw i'n synhwyro fod e braidd yn siomedig bo ni ddim am gael sesh heno, er ei bod hi'n nos Lun?

Mae 'na ychydig o densiwn yn yr aer. Ydi e'n gwybod ei fod wedi bod yn ddigywilydd yn peidio ateb fy negeseuon? Yna mae'n trio gwneud *small talk* i lenwi'r tawelwch.

'So...be ti 'di bod yn neud?' mae'n gofyn.

'Dim lot... eistedd o gwmpas yn aros i ti decstio fi 'nôl...' dwi'n ateb gan roi gwên fach ddireidus.

'Shit, ie sori am hynny,' dwedodd e gan rwbio ei wallt tywyll. Dwi'n aros yn dawel, dwi rili isie fe ddweud wrtha i am Sara Mai a'r babi. Dwi wir isie fe i neud y peth iawn.

'Beth ddwedest ti o'dd dy swydd di eto?' dwi'n holi'n ddiniwed er mwyn rhoi cyfle iddo fe. Mae'n edrych yn anghyfforddus gyda'r cwestiwn ac yn osgoi cyswllt llygad.

'Dwi'n gyflwynydd teledu *actually*, falle ti 'di 'ngweld i ar *Gôl* neu o'n i'n arfer bod ar *Pili Pala* i blant?' mae'n dweud. O leia mae e wedi rhoi un ateb gonest i fi.

'O ie, o'n i'n meddwl bo fi'n nabod dy wyneb di o rywle!' ddwedes i.

'Ia, Gwyn Ross 'di fatha enw teledu fi. Rhodri Gwyn 'di enw llawn fi. Ma rhai pobl yn galw fi'n Rhod, mae rhai yn galw fi'n Gwyn, dwi 'di bod yn defnyddio Rhod mwy yn ddiweddar, ddo. Dwi wedi cael fy synnu ei fod e'n dweud y gwir. Falle nad yw e'n ddihiryn celwyddog fel o'n i'n meddwl o'dd e.

'Dwi 'di gweld *Pili Pala* cwpwl o weithie pan dwi'n gwarchod merch fy ffrind, o't ti'n cyflwyno gyda merch blonde rili bert...' dwi'n dweud yn ddiniwed i gyd.

'Ia, Sara Mai, o'n ni efo'n gilydd am amser reit hir, tair blynadd ella, ond 'dan ni newydd orffen ...' Mae'n cymryd llwnc o'i ddiod ac yn ei roi yn ôl ar y bwrdd. 'A deud y gwir, Saffi, ma'n ddrwg gen i, dyla bo fi 'di deud yn gynt, ond 'dan ni'n cael babi efo'n gilydd,' mae'n deud gan ddal i edrych lawr ar ei ddiod.

'Dwi'n gwbod,' dwi'n ateb, 'dwi 'di gweld yr hysbysebion ar gyfer y raglen *fly on the wall*.'

'Shit. Sori, Saffi, dyla fi 'di deud yn gynt, dio ddim fatha fod o'n gyfrinach, ond 'sa hi di bod yn well i chdi ffeinido allan genna i.' Mae e'n dod drosodd fel boi iawn, dim dyma be o'n i'n ei ddisgwyl o gwbl. 'Dyna pam o'n i isio cyfarfod efo chdi heno 'ma, o'n i isio esbonio ac ymddiheuro, ma bywyd bach yn gymhleth ar hyn o bryd. Dyna'r rheswm pam dwi 'di bod mor dawel efo chdi. Sori, dyla bo fi 'di bod yn onast o'r cychwyn cynta.' Dwi bron yn teimlo'n wael am fod mor feirniadol ohono fe, a dwi'n teimlo drosto fe braidd.

'Ma'n iawn, o'dd e jest yn un o'r pethe 'na, bach o hwyl,' dwi'n ateb.

'Felly ti'n madda i mi? Gawn ni fod yn ffrindia?' mae'n gofyn gyda'i *puppy dog eyes* mawr brown yn syllu arna i, ac alla i ddim peidio cytuno 'da fe.

'Ffrindie,' dwi'n datgan gan wenu arno fe. Ond mae fy nghyfrinach i ar fy meddwl. Bydde dweud wrtho fe yn cymhlethu ei fywyd e'n fwy ac mae'n edrych fel bod ganddo fe ddigon ar ei blât. 'Wyt ti'n meddwl bydd Sara Mai a ti'n mynd 'nôl at eich gilydd?' dwi'n gofyn.

'Dwi isio, dwi rili isio. Nath hi syrthio'n feichiog yn sydyn, do'n i ddim yn barod, 'nes i ymddwyn fatha twat anaeddfed er mod i bymtheg mlynedd yn hŷn na hi, a rŵan ma hi 'di digio efo fi ac yn deud bo hi am fagu'r babi ar ei phen ei hun...'

Oes dagrau yn ei lygaid e? Er nad yw e'n angel, does dim esgus am be nath e i Elina, ond ma pobl yn gallu newid.

‘Neith hi newid ei meddwl dwi’n siŵr, ma jest angen i chi gael sgwrs iawn. Gad iddi cŵlo lawr ac yna gallwch chi siarad yn gall am y peth heb ddadlau,’ dwi’n cynnig.

‘Ia, ti’n iawn. Ti’n berson da, Saffi, rili da, diolch i chdi.’ Ydw i’n berson da yn cadw’r gyfrinach masif ’ma oddi wrtho fe? Dwi ddim yn gwybod os dwi’n berson da neu ddrwg ond alla i ddim dweud wrtho fe nawr, dim fan hyn, dim heno. Bydd rhaid i fi feddwl ble, sut a phryd fydd yr amser iawn, ond bydd rhaid i fi neud e’n fuan.

Ry’n ni’n aros yn y bar am un diod arall ac yn sgwrsio am fy swydd, ei swydd e, ein diddordebau a phob math o bethe eraill. Mae’n hawdd iawn siarad gydag e, ond wrth i amser fynd mlân dwi’n gweld e llai a llai mewn gole rhamantus a mwy fel ffrind. Mae’n drueni, dwi’n siŵr o’dd e ac Elina yn gwpwl da ar un adeg ac ma’n synnu fi’n fawr fod e wedi gallu neud be nath e iddi hi, ond un peth dwi ’di ddysgu wrth i fi fynd yn hŷn yw fod pobl dda yn gallu neud pethe drwg a phobl ddrwg yn gallu neud pethe da. Does neb yn ddu a gwyn, mae haenau i bawb, ac mae rheswm dros bopeth. Mae’n hawdd barnu, ond mae’n anoddach deall pam mae pobl yn neud y pethe maen nhw’n eu gwneud.

Mae’r noson yn dod i ben yn naturiol ac mae Gwyn yn mynnu talu am dacsi ’nôl i ni. Mae’r gyrrwr yn gollwng fi adre’n gynta.

‘O’dd hi’n braf dy weld di eto, Saffi,’ mae’n dweud gan roi cwtsh bach i fi, ac mae arogl ei *aftershave* yn neud i fi gofio’r noson dyngedfennol honno fel ddoe. God, pam mae rhaid iddo fe fod mor blydi golygus?

‘A ti,’ dwi’n ateb gan gamu mas o’r tacsi.

‘Cymer ofal o dy hun,’ mae’n gweiddi mas o ffenest y car, ac mae hyn yn ’y nhaflu i am eiliad – fel petai e’n gwybod.

Wrth sefyll ar stepen y drws yn gwylio'r tacsi'n gyrru i ffwrdd dwi'n dechrau meddwl – dwi ddim yn gwybod beth dwi'n mynd i'w neud nawr.

Pennod 15

ALYS

’Nes i gyrraedd yr ysgol yn hwyr bore ’ma, sydd ddim fel fi o gwbl, ond nath hi gymryd gymaint o amser i gael Cadi’n barod ar gyfer y feithrinfa. O’n i’n teimlo’n *flustered* yn cyrraedd, a do’n i ddim yn teimlo llawer gwell ar ôl sylweddoli fod Mr Williams y cymhorthydd wedi rhoi rhaglen Saesneg PG ar y sgrin ar gyfer y plant 6 oed am Ninjas yn ymladd – jest beth sydd angen ar blant sydd eisoes yn her i’w disgyblu. Ble mae synnwyr cyffredin y bachgen? ’Nes i roi llond pen iddo fe a nawr dwi’n meddwl ei fod e wedi cael cnoc i’w ego a dyw e ddim yn hapus ’da fi o gwbl.

Mae’r plant yn hollol wyllt bore ’ma nawr. Maen nhw’n cwyno fod rhaid iddyn nhw neud gwaith a dy’n nhw ddim yn hapus mai fi sy’n dysgu nhw ac nid Mr Williams. Maen nhw’n hollol afreolus, dy’n nhw ddim yn gwrando arna i a dwi’n teimlo mas o reolaeth yn llwyr. Mae un bachgen bach sydd â thueddiad i guddio mewn cypyrddau, nawr wedi ei leoli’n gadarn yn ei hoff gwpwrdd ac yn cau dod mas. Mae un arall yn crio am ei mam achos dyw hi ddim yn hoffi’r sŵn, mae eraill yn rholio ar y carped, a does neb yn neud y dasg maen nhw fod i’w neud. Yr unig eiriau alla i feddwl amdanyn nhw i ddigrifio’r olygfa ’ma yw *shit-show*, absolute *shit-show*. A dyw Mr Williams ddim i'w weld yn unman, wedi mynd i bwdu yn rhywle, siŵr o fod.

O'n i'n arfer rheoli dosbarth yn dda, o'dd plant yn arfer fy mharchu i ac o'dd rhieni'n aml yn dweud wrtha i bo nhw isie i fi ddysgu eu plant nhw. O'n i'n arfer teimlo fel 'mod i'n gwybod beth o'n i'n neud, a nawr dwi'n teimlo ar goll. Mae fel petai'r byd yn carlamu a finne'n cael fy ngadael ar ôl, ddim yn siŵr lle i droi.

Dwi'n llwyddo i gael y plant i eistedd ar y carped a dwi'n rhoi cerddoriaeth dawel mlân iddyn nhw a dweud wrthyn nhw ein bod yn neud tasg feddwlgarwch. Dwi'n cymryd amser i anadlu'n ddwfn fy hun, neu fydda i'n llefen a dwi ddim isie llefen o flân y plant. Dwi'n eistedd wrth fy nesg gyda fy mhen yn fy nwylo. Mae'r plant yn gwylio pysgod yn nofio 'nôl a mlân ar y sgrin a dwi wedi dweud wrthyn nhw bo nhw ddim yn cael neud sŵn nes bod e'n gorffen, neu maen nhw'n colli amser chwarae.

Mae cnoc ar y drws sy'n torri ar y tawelwch ac yn neud i fi neidio. Mae Owain yn sefyll yn y drws.

'Bore da, Mrs Llywelyn, sut wyt ti?' mae'n dweud yn garedig. Dwi'n falch i'w weld e, mae e fel llygedyn o heulwen ar ôl y storm sydd newydd fod.

'A fydde modd i ni gael sgwrs yn y swyddfa, plis?' mae'n gofyn. Rhyfedd, dyw e ddim fel arfer yn neud hyn. Pam mae e isie fi yn ei swyddfa fe nawr? 'Neith Mr Williams ofalu ar ôl y dosbarth.' Ar y gair, mae Mr Williams yn dychwelyd o'i guddfan ac yn dod yn ôl i mewn i'r dosbarth fel petai dim byd wedi digwydd. Bydd hi bendant yn *carnage* llwyr gyda fe wrth y llyw, ond alla i ddim mynd yn erbyn dymuniadau y pennaeth.

Dwi'n ei ddilyn e lawr y coridor i'w swyddfa. Mae e'n edrych yn smart iawn yn ei siwt, ac mae ei gorff o'r cefn yn edrych fel ei fod yn perthyn i ddyn llawer iau. Dwi'n gwybod ei fod yn mwynhau rhedeg, o'n ni'n arfer siarad lot am hynny ar un adeg. Mae'n dal, ac mae'n edrych yn awdurdodol ac mae'n rhaid dweud, yn ddeniadol. Sgwn i beth mae e isie? Dwi'n eistedd lawr.

'Sut wyt ti, Alys? Sut mae pethe'n mynd?' mae'n gofyn ac mae'n edrych braidd yn lletchwith.

'Iawn, diolch,' dwi'n dweud yn awtomatig.

'Ti'n gwbod 'mod i'n meddwl y byd ohonot ti Alys, yn dwyt ti?' Gosh, geiriau cryf, o'n i'n gwybod bod e'n hoffi fi ond 'meddwl y byd'... na do'n i ddim yn gwybod hynny. Dwi'n teimlo fy mochau'n cynhesu.

'O,' dwi'n llwyddo i'w ddweud yn swil i gyd.

'A ti'n gwybod faint dwi'n gwerthfawrogi popeth ti'n neud i'r ysgol?' Dwi ddim cweit yn gwybod lle mae e'n mynd gyda'r sgwrs 'ma. Mae'n pwyso mlân a rhoi ei law e ar fy un i, a dwi'n teimlo pob math o emosiynau. Mae 'nghalon i'n rasio a dwi'n gwybod bo fi'n gochach na 'ngwallt i erbyn hyn.

'Ydw, dwi'n meddwl, diolch am y geiriau caredig,' dwi'n llwyddo i ateb. Mae ei law dal dros fy un i ac mae e'n dal yn edrych yn ddwys arna i.

'Mae 'na rywbeth dwi wir isie siarad gyda ti yn ei gylch... ond mae'n anodd... a braidd yn lletchwith...' mae'n esbonio gan edrych yn anghyfforddus iawn. A dwi'n sylwi mai dyma'r tro cyntaf i mi weld y dyn galluog a hyderus yma yn nerfus.

'Dwi ddim yn gwybod sut i ddweud hyn ond...'

Am ryw reswm dwi'n teimlo ysfa i bwyso mlân a rhoi cusan iddo fe. Mae'r teimlad yn dod drosta i mor gryf, dwi ddim hyd yn oed yn meddwl am be dwi'n neud...

A dwi'n neud e.

'Alys, be ti'n neud?' mae'n gofyn mewn sioc. Dwi'n tynnu 'nôl mewn panic.

'Sori, sori, o'n i'n meddwl...' Dwi mor, mor *embarrassed*.

'Na Alys, ti'n meddwl yn anghywir, dwi'n briod ti'n gwybod 'ny!' Dwi methu stopio ymddiheuro.

'Dwi mor sori... o'n i 'di camddeall... sori.'

'Mae'n wirioneddol ddrwg 'da fi Alys, os dwi wedi dy gamarwain di, o'n i'n trio dangos i ti 'mod i'n poeni amdanat ti, ac isie i ti wella...' Gwella? Gwella o beth? Sai'n dost, does dim byd yn bod arna i.

'Dwyt ti ddim 'di bod fel ti dy hun ers dod 'nôl ac ers... wel... dy brofedigaeth. Ti'n mynd trwy lot, Alys, ac a bod yn hollol onest, mae'n effeithio ar dy waith.'

Dwi ddim yn gwybod beth sy'n codi'r mwyaf o gywilydd arna i, y ffaith 'mod i wedi trio snogio'r bòs, neu bod safon fy ngwaith, y swydd a'r yrfa o'n i'n ei charu, yn dirywio. Dwi ddim yn gwybod beth i'w ddweud.

'Dwi wedi cael cwynion, Alys. Mae fy sylw wedi cael ei dynnu at nifer o bethe sydd wedi digwydd dros yr wythnosau diwethaf...' Alla i ddim credu hyn, mae fy mhen yn troi. 'Ga i ofyn beth ddigwyddodd yn y goedlan, gydag Alffi?'

Mr Williams, y bastard bach slei! O'n i'n gwybod fod rhywbeth ddim yn iawn 'da fe! Mae'n amlwg fod e wedi snitsio arna i achos do'dd e ddim yn hapus bo fi wedi rhoi stŵr iddo fe bore 'ma am y rhaglen Ninja. Dwi'n esbonio wrth Owain beth ddigwyddodd yn y goedlan a bod popeth yn iawn yn y pen draw.

'Dylet ti fod wedi dweud wrtha i Alys, o'dd dyletswydd arnat ti i reportio fe, mae'n achos diogelu plant.' Dwi'n gwybod hyn i gyd, wrth gwrs.

'A mae 'na bethe eraill 'fyd. Mae'n debyg bo ti'n gweiddi lot ar y plant a bod dim llawer o reolaeth gyda ti drostyn nhw? Mae pryderon wedi codi am eu diogelwch yn dy ofal.' Dyma'r peth gwaethaf gallen i ei glywed. Mae'n teimlo fel bod fy myd yn chwalu o 'nghwmpas i, mae fy ngyrfa i gyd yn fflachio o flaen fy llygaid i. Beth sy'n mynd i ddigwydd i fi?

'Dwi'n awgrymu'n gryf dy fod ti'n cymryd amser bant o'r gwaith, ac yn mynd at y doctor i gael yr help priodol.'

'DWI DDIM ISIE CYMRYD AMSER OFF GWAITH!' dwi'n gweiddi arno. Dwi erioed wedi gweiddi fel'na'n y gwaith o'r blaen, dwi mor siomedig ynof fi fy hun, bydde Mam mor siomedig hefyd. Dwi'n dechrau llefen.

Dwi'n codi ac yn gadael y swyddfa, a cherdded mas o'r adeilad. Mae fy ffôn a fy allwedd ym mhoced fy nghardigan. Dwi ddim hyd yn oed yn ffwdanu mynd i'r dosbarth i nôl fy nghot a fy mag. Dwi ddim isie gweld Mr Williams y blydi... blydi DICKHEAD byth eto. Wna i fyth fadde iddo fe – y snitsh! Dwi'n gallu clywed Owain yn dilyn fi tuag at y drws ac yn dweud rhywbeth, ond dwi'n anwybyddu ei eiriau, dwi isie mynd gartre, dwi isie mynd i gysgu, a dwi byth isie deffro.

Dwi'n mynd i mewn i'r car ac yn gyrru mas o safle'r ysgol heb edrych 'nôl.

Yn sydyn, dwi'n cofio am botel o win sydd 'da fi yn y cefn nes i brynu neithiwr a heb fynd â hi i'r tŷ. Dwi'n tynnu'r car i mewn ar ochr yr hewl. Dwi'n estyn amdani ac yn edrych o 'nghwmpas rhag ofn bod rhywun yn edrych. Does neb yna. Dwi'n cymryd sawl llwnc, mae'n gynnes ac yn sur ond mae'n neud y tric. Dwi'n dechrau'r injan eto, ac yn gyrru tuag adre.

DAF

'Hello, Dafydd Llywelyn? I'm calling from Heath Hospital, I'm afraid your wife, Alys, has been in quite a serious car accident...' Dyna rai o'r geiriau gwaethaf gall rhywun eu clywed. 'She is concsious, the car is a write-off, but she's very lucky to be alive. We will have to keep her in for a few days for a few tests and observations. She's had quite a nasty bump to the head.' Dwi'n mynd i'r ysbyty mor gyflym ac y galla i. Alys, fy Alys i, bydden i byth yn gallu byw hebddi.

ALYS

Dwi ddim cweit yn cofio'r manylion. O'n i'n gyrru ac wedyn o'n i'n siŵr bo fi 'di gweld rhywbeth yn dartio i'r hewl, a'r peth nesa o'n i'n gwybod, o'dd y car wedi sleidio i mewn i goeden, ac yna 'nes i ffeindio fy hun mewn ambiwlans.

Dwi'n ymwybodol iawn o'r boen sy'n mynd trwy fy nghorff. Mae fy mraich chwith wedi torri a dwi 'di cael pwythau yn fy mhen. Mae da fi *concussion* hefyd, ond heblaw am 'ny dwi'n teimlo'n lwcus. Galle pethe fod wedi bod lot yn waeth. Dwi dal yn rili ypsét am y gwaith a'r ysgol, ond mae'r ddamwain wedi rhoi pethe mewn persbectif. Mae 'na bobl mas 'na a all neud fy swydd i gystal neu'n well na fi, ond ma angen ei mam ar Cadi, hyd yn oed os dwi ddim yn teimlo fel bo fi'n neud job dda.

Dwi'n casáu ysbytai ers i Mam fod mewn a mas ohonyn nhw pan o'dd hi'n dost. Roedd ei gweld hi ar y diwedd mor anodd, yn deneuach o lawer na fi, hanner y maint o'dd hi'n arfer bod, a'i gwallt mawr coch – ei nodwedd ddiffiniol – wedi cwympo mas.

Pan ddaeth Daf mewn, ’nes i deimlo ton fawr o gariad, agosatrwydd ac emosiwn. Yna daeth y cof o Owain ’nôl ata i ac o’n i’n teimlo mor euog. Beth ’sen i wedi marw a dyna fydde’r peth dwetha i mi neud?

Mae e yma nawr yn eistedd ger y gwely yn anwesu fy llaw i. Mae’n teimlo fel petai’r cwmwl du sydd wedi bod rhyngon ni’n ddiweddar wedi codi ychydig.

‘Wyt ti isie unrhyw beth? Dŵr? Rhywbeth i fyta?’ mae’n gofyn. Mae’n deimlad neis ei weld mor ofalgar.

‘Good afternoon, Mrs Llywelyn,’ mae’r nyrs yn dweud mewn acen gref y Cymoedd. ‘That’s quite a nasty accident you’ve had. You’ve had quite a scare.’

Dwi’n nodio ac yn trio gwenu.

‘The consultant will be with you soon to check some paperwork and confirm the results of the blood alcohol test.’

Dwi’n teimlo llaw Daf yn llacio o amgylch fy llaw i, ei lygaid yn symud yn sydyn at fy wyneb.

‘Beth?’ mae’n dweud yn finiog.

Mae’r nyrs yn codi ei phen, yn edrych arnon ni wrth iddi sylwi ar y tensiwn yn yr aer.

‘Oh, nothing to worry about,’ mae hi’n dweud yn gyflym, yn amlwg yn synhwyro’r newid. ‘Standard procedure in accidents like yours. We just need to confirm the levels for the police report.’

Dwi’n gorfodi fy hun i gwrdd â llygaid Daf, ac mae fy meddwl yn hedfan yn ôl i’r bore a’r botel o win gwyn yn y car.

‘Dim byd i boeni amdano,’ dwi’n dweud wrtho, ‘mae pawb yn cael nhw.’

Mae’r nyrs yn rhoi gwên dynn, gwrtais, ac yn llithro’n ôl allan o’r stafell, y drws yn clicio’n ysgafn ar ei hôl hi.

Alla i deimlo Daf yn rhythu arna i.

'Ti'n siŵr bod e'n ddim byd?' mae'n gofyn, ac mae hyn yn neud i fi deimlo'n anghyfforddus. Do'n i ddim yn sylweddoli ei fod e'n ymwybodol o faint dwi 'di bod yn yfed.

Dwi'n agor fy ngheg, ond does dim geiriau'n dod mas, ac yn sydyn dwi'n ymwybodol fod 'na bosibiliad cryf fod arogl gwin dal ar fy anadl. Os yw hwn yn dod 'nôl yn bositif gall ddinistrio popeth – fy ngyrfa, fy mhriodas, beth os gwnawn nhw gymryd Cadi oddi wrtha i?

'Dyw e ddim yn ddim byd, wir i ti,' dwi'n ategu.

'Falch o glywed,' mae'n dweud, ond dwi ddim yn siŵr os yw'n fy nghredu i. Mae'n dawel am ychydig, ac mae ei lygaid yn crwydro o amgylch y stafell – y gwely, y peiriannau, fy mraich, fy mhen. Yna mae'n dweud, 'Dwi'n dy garu di t'mod.'

Mae 'nghalon i'n curo'n wyllt, ac mae 'ngheg i'n sych ond dwi'n llwyddo i ddweud yn dawel, 'Caru ti 'fyd.'

Pennod 16

SAFFI

Dwi wedi dod i'r dre yn fy awr ginio i edrych o gwmpas y siopau. Daeth Alys mas o'r ysbyty ddoe, dwi heb ei gweld hi eto, ond dwi am fynd draw yno heno gydag Elina. Ces i gymaint o shiglad pan ges i'r alwad oddi wrth Daf; se rhywbeth gwaeth wedi digwyddi iddi dwi ddim yn gwybod beth fydden i'n neud.

Dwi'n mynd i chwilio am bresant iddi, rhywbeth neis i'w wisgo, fel mwclis neu glustlysau, ond dwi'n cael amser caled yn ffeindio rhywbeth y bydd hi'n hoffi. Dwi ddim yn siŵr beth yw ei steil hi ar hyn o bryd. Beth bynnag, dwi'n gweld llwyth o bethe i *fi* a dwi'n gorfod trio stopio fy hun rhag eu prynu nhw. Rhaid i fi arbed arian nawr fel bo fi'n gallu safio er mwyn symud mas o'r tŷ. Bydde prynu fflat bach i fi a'r babi'n ddelfrydol ond does dim syniad 'da fi o ble dwi'n mynd i gael y *deposit*. Mae ychydig o arian 'da fi wrth gefn, ond dim hanner digon. Falle alla i fflachio fy amrannau a gofyn i'r bòs am ddyrchafiad dros dro, neu o leia oriau ychwanegol. Dwi ddim yn siŵr beth i'w neud, na sut i'w neud e, ond mae'n hen bryd i fi dyfu lan a meddwl am y pethe 'ma.

Dwi'n gweld cadwyn aur gyda'r llythyren 'C' arni, am Cadi wrth gwrs, a diamwnd bach yng nghanol y llythyren. Mae'n berffaith a dwi'n teimlo boddhad o ddewis rhywbeth sy'n teimlo'n arbennig, rhywbeth fydd yn golygu rhywbeth.

Mae'n neis edrych o gwmpas y siopau, mae'n clirio 'mhen i tam' bach. Dwi 'di dechrau teimlo'n sâl yn y boreau ac yn fwy blinedig yn ystod y dydd. Mae cymaint o gwestiynau wedi bod yn pwyso arna i'n ddiweddar. Sut i ddweud wrth Gwyn am y babi? Beth fydd Sara Mai yn ei feddwl? Beth fydd Mam a Dad yn ei ddweud? Sut alla i neud hyn ar fy mhen fy hun? Ond am heddi, dwi'n mynd i roi'r holl bryderon 'ma i gefn fy meddwl i a chanolbwyntio ar Alys.

Dwi'n mynd at y til i dalu am y gadwyn. Mae hi'n haeddu hon, rhywbeth pert, rhywbeth personol, sy'n ei hatgoffa pa mor werthfawr yw hi i fi.

ALYS

Dwi'n gorwedd ar fy ochr yn methu cysgu o gwbl. Mae golau'r nos yn dawnsio ar draws y nenfwd a synau hymian a bîpan peiriannau, olwynion yn y coridorau a phobl yn chwyrnu a phesychu drwy'r nos. Mae'r drws yn agor ac mae'r nyrs yn dod i mewn yn dawel ac yn rhoi meddyginiaeth i'r dyn drws nesa. Dwi wedi clywed digon o'i hanes e erbyn hyn – cafodd e ddamwain ar ei foto-beic ac mae e wedi torri ei asennau. Does ganddo fe ddim llawer o deulu a dyw e ddim wedi gweld ei blant ers misoedd.

Dwi'n meddwl am y ddamwain drosodd a throsodd. Alla i ddim cofio llawer o gwbl. Dwi ddim yn cofio goleuni mawr na angel na dim byd fel'na, ond dwi'n cofio bod rhyw lais, fel rhyw feddwl tawel, yn dweud 'amser deffro nawr'. Dwi ddim yn gwybod os dwi'n credu mewn angylion, nac yn Nuw, ond dwi'n gwybod ’mod i wedi cael fy achub. A dwi’n hoffi meddwl mai Mam wnaeth.

Alla i ddim credu ’nes i mond cael toriad bach i fy mraich. Maen nhw wedi awgrymu ’mod i’n dechrau cymryd tabledi ar gyfer iselder ysbryd hefyd. Mae’n debyg eu bod nhw’n cymryd amser i weithio’n iawn ac i ddod â’r hwyliau’n sefydlog, a bydda i’n cael cyfnodau iwfforig ac isel iawn hefyd wrth i fy nghorff addasu.

Dangosodd y prawf gwaed bod ’na alcohol yn y system ond nath y prawf anadl gadarnhau bo fi ddim dros y limit. Nath y doctor ddim dweud llawer, ond roedd y ffordd roedd e’n edrych arna i’n ddigon... fel petai’n dweud ‘o’dd hwnna’n agos’. Petai’r canlyniad bach yn uwch, bysen i wedi colli fy nhrwydded yrru, a falle lot mwy na hynny.

Dwi’n teimlo fel bo fi wedi cael ail gyfle. Dwi’n mynd i stopio yfed. Dwi’n mynd i wella – yn gorfforol ac yn feddyliol. Dwi isie bod yn rhywun gwell i Cadi, gwell i Daf, a gwell i fi fy hun.

Ac i Mam, lle bynnag mae hi.

ELINA

Dwi ’di prynu bwnsh o floda a siocled i Alys, ella braidd yn ddiddychymyg, ond dwi’m yn nabod hi’n dda iawn. Dwi ’di gadael Mabon efo mam Tom am gwpwl o oria. Bydd Saffi yma mewn chydig a byddwn ni’n cerddad i dŷ Alys. Dwi braidd yn nerfus, dwi ddim yn siŵr pam.

Mae Saffi wedi cyrraedd, mae hi braidd gynnar, naethon ni ddeud y bydden ni efo Alys erbyn chwech.

‘Haia, sori dwi’n gynnar, o’n i ar y ffordd adre o’r gwaith a do’n i ddim yn gweld pwynt mynd gartre gynta,’ mae hi’n esbonio.

Fedra i ddim credu ei bod hi 'di bod yn y gwaith drwy'r dydd, mae hi'n edrych yn hollol *immaculate* efo ei cholur a'i gwallt mor ffres.

'Iawn, 'sti. Ti isio dod mewn am banad cyn mynd?' dwi'n gofyn.

'O ie, diolch, os ti'n cynnig.'

Mae hi'n dod mewn ac yn edrych o gwmpas y tŷ. Dio ddim yn edrych ar ei ora ar hyn o bryd efo stwff Mabon ym mhob man, mwslins, clytiau, *baby wipes* a phob math o betha.

'Waw, ma tŷ ti'n *amazing*!' mae'n gweiddi o'r stafell fyw pan dwi'n y gegin yn berwi'r tegell.

'Mae steil ti'n lysh, y lliwiau bold 'ma, y prints, mae'n *gorgeous*.' Ma 'di cymryd amser i mi gael y tŷ fel dwi isio fo. O'dd o llawer mwy niwtral pan o'dd Gwyn yn byw 'ma. Ma'r lliwia llachar, a'r defnydd patrymog, blodeuog, pinc a phrints anifeiliaid wedi dod yn fwy diweddar, fel dathliad o 'mywyd i fatha dynas annibynnol. Dechreues i'r gwaith o addurno'r tŷ bron yn syth ar ôl iddo fo symud allan, 'nes i lot o'r gwaith fy hun, o'dd o'n therapiwtig ac yn rhoi rwbath i mi ganolbwyntio arno fo yn hytrach na stôcio'r ddau ar y *socials* a neud i fy hun deimlo'n waeth. Doedd Gwyn ddim yn hoffi lliwia bold, o'dd o'n deud sa'n well cadw'r tŷ yn wyn a *beige* rhag ofn ein bod ni am werthu un diwrnod. 'Un diwrnod'– o'dd o'n hoffi deud hynny, o'dd bywyd yn rwbath o'dd yn digwydd yn y dyfodol o hyd i Gwyn, yn annhebyg i fi, dwi wastad 'di hoffi byw i'r eiliad a theimlo fod bywyd yn rhy fyr i aros cyn neud petha. Tybed ydi o'r un fath efo S.Ff.M.?

'Dyna un o'r nifer o betha da am fod yn sengl!' dwi'n galw 'nôl.

'Yaas, Queen!' mae'n dweud a dwi methu peidio gwenu. Mae hi'n edmygu'r gwaith celf a'r ffotograffiaeth ar y wal, ac mae gen i stori fach i'w deud wrthi am bob darn. Mae'n sylwi ar y petha dwi 'di paentio fy hun; *collage* o hen docynnau gigs dwi 'di bod iddyn nhw; clawr record *The Velvet Underground* 'nes i ddod o hyd iddi am 50c mewn siop elusen yng Nghaeredin; llun swreal ohona i wnaeth ffrind i mi baentio yn y coleg; poster yn hysbysebu sioe *Tango* es i iddi pan o'n i'n teithio De America; dyfyniada Frida Kahlo; ffotograff nath Tom gymryd yn y coleg o draeth Aberystwyth yn y machlud... ma'n neud i fi weld popeth trwy lygaid ffres a dwi'n mwynhau ei brwdfrydedd. Dwi ddim yn meddwl fod unrhyw un arall sy wedi bod i'r tŷ wedi dangos y fath ddiddordeb yn y decor o'r blaen. Mae hi'n annwyl, ac yn groes i be o'n i'n ei feddwl i ddechra, ma gynnon ni *loads* yn gyffredin.

'Iawn 'ta, awn ni, ia?' dwi'n cynnig. A 'dan ni'n cerddad efo'n gilydd i dŷ Alys.

Pan 'dan ni'n cyrraedd, Daf sy'n agor y drws. Dio ddim yn edrych yr un fath ag o'n i'n ddisgwyl. Dwi'm yn gwbod be o'n i'n ddisgwyl rili, ond mae o'n edrych yn reit... *alternative*, dwi bron yn sicr fod ganddo fo datŵ neu ddau o dan ei hwdi Super Furry Animals. Mae o i'w weld yn foi neis. Ma'n ein gwahodd ni i mewn a 'dan ni'n mynd i weld Alys yn y stafall fyw. Ma hi'n edrych yn well nag o'n i'n disgwyl ac yn ymddangos reit fywiog. Ma 'na rywun yno efo hi. Dyn 'ydi o. Ma'n dal efo gwallt gola a barf. Ma Alys yn codi'n ofalus fel petai dal yn fregus ac yn rhoi hyg i'r ddwy ohonon ni.

'Sori, ferched, dyma fy ffrind i o'r gwaith, Arwel.' Wrth sbio arno fo ma'n edrych yn andros gyfarwydd.

'Ydw i'n nabod chdi o rwla?' dwi'n holi.

'Wyt, o'n i'n gweithio ar *Y Dociau*, blynydde mawr yn ôl nawr,' mae'n esbonio, 'dim ond am ryw naw mis.' Ac yna mae'n clicio. O'dd o'n un o'r Cynhyrchwyr Cynorthwyyol, ond o'dd o mor neis, o'dd o'n un o'r criw o'dd yn dod efo ni i'r cantîn am gyfnod cyn iddo fo fynd i neud ei gwrs addysg.

'Cof da,' mae'n ychwanegu ychydig bach yn chwithig.

O'dd genna i andros o crysh arno fo ar y pryd. Fedra i weld pam, ma 'na *definitely* rwbath amdano fo. Dio ddim wedi newid lot o gwbl.

'Ocê 'te, well i fi fynd. I'll leave you ladies to it!' mae'n deud gan roi ei law i fyny i stumio ta-ta fel siâp bwa mawr o'i flaen o.

'Neis gweld ti eto, Elina,' mae'n deud gan wenu a gneud cyswllt llygad pendant. Dwi'n reit gyted bod o'n gorfod mynd. Dwi'n cofio fo fatha boi carismatig iawn.

'Blast from the past,' dwi'n deud ar ôl iddo fo adael.

'Ma Arwel yn lyfli, mae e 'di bod i ffwrdd o'r gwaith ers sbel,' medda Alys. 'Mae e'n mynd trwy ysgariad yn anffodus... trist. Ma dau o blant 'da nhw...'

Ma Saffi'n amlwg yn diflasu ac yn newid y pwnc yn fwriadol. '*Oh my gosh*, Alys, o'dd y ddamwain mor *scary*...' ac ma hi'n dechra sôn sut nath y ddamwain effeithio arni hi, yn hytrach na gofyn i Alys sut ma hi'n teimlo, ond dyna sut un ydi Saffi, dydi hi ddim yn trio bod yn hunanol, 'di jest... ddim yn meddwl.

Dwi'n edrych ar Saffi ac Alys yn sgwrsio'n gyfforddus ac ma eu cysylltiad yn amlwg. Ma Saffi 'di rhoi cadwen i Alys ac ma hi wrth ei bodd efo hi. Mae o'n anrheg meddylgar, chwara teg. Dwi'n gwbod dyla fi drio ymuno â'r sgwrs, ond ma 'na rwbath yn dal fi 'nôl – rhyw ddistawrwydd mewnol, rhyw hiraeth am rwbath na fedra i roi 'mys arno cweit.

Sioc ydi o dwi'n meddwl ar ôl gweld rhywun o'r gorffennol fel'na. Rhaid 'mod i wedi ei weld o ddwetha ryw bymtheg mlynedd yn ôl. Ma 'na rwbath am dreigl amsar sy'n neud i mi deimlo'n annifyr, fel 'mod i'n cael fy atgoffa'n sydyn o bob eiliad sydd wedi llithro heibio heb i mi sylwi.

O'dd yr adag yna gymaint yn haws. O'dd gneud ffrindia mor hawdd. O'dd pawb yn mynd allan ar ôl gwaith ar nos Wenar, yn yfad heb feddwl dim am hangofyrs na chaloriau, yn sgwrsio am betha di-nod a dyheadau mawr, yn clymu cyfeillgarwch mewn bariau llawn a cherddoriaeth uchel. Ma drama bywyd wedi symud ymlaen ers hynny, a dwi'n sylweddoli 'mod i'n sefyll yma, ar ganol rhyw fath o set, heb ddallt yn iawn be ydi fy rôl i na be dwi fod i neud.

'Ti'n iawn, Elina?' mae Alys yn gofyn gan darfu ar fy meddyliau.

'Yndw, dwi jest 'di blino,' dwi'n ateb, sy'n wir. Dwi 'di blino'n lân.

Dwi'n cofio'n sydyn fod gen i fwnsh o floda a bar o siocled yn fy nwylo. Dwi'n rhoi nhw iddi a 'dan ni i gyd yn sgwrsio am chydig.

'Arhoswch funud, dwi 'di cael tecst...' ma Alys yn datgan. Ma' hi'n darllan o allan i ni....

Arwel: O'dd hi'n lyfli gweld Elina eto, mae hi'r un mor styning ag erioed. *Any chance* alla i gael ei rhif gen ti?

Ma Alys a Saffi yn neud *woo woos* uchel ac yn chwerthin, ma'n teimlo fatha bod yn yr ysgol eto. Dwi'n cochi. 'Ydi o'n gwbod 'mod i'n sengl?'

'Ydi, 'nes i ddweud wrtho fe cyn i ti ddod,' mae Alys yn dweud yn browd. Dwi'n teimlo'n *weird* rŵan. Mae dêtio 'di bod mor bell oddi ar fy radar i ers gymaint o amser, dwi'm yn gwbod... fedra i ddim meddwl amdano fo. Sgenna i ddim amsar i fynd ar ddêt na'm byd felly, a be am Tom?

'Os mae e'n gofyn ti mas, wna i warchod Mabon i ti,' ma Saffi'n deud yn awyddus fel petai hi wedi darllan fy meddwl i.

'O, dach chi'n rhoi fi ar y sbot, ga i feddwl am y peth?' dwi'n gofyn. Dwi rili, rili isio gadael rŵan. Dwi'n sbio ar fy ffôn.

'Shit, sori, ma mam Tom 'di tecstio, dwi angen mynd i nôl Mabon rŵan, mae o isio'r bŵb, ma'n debyg, bechod,' dwi'n deud gan gadw petha mor ysgafn â phosib. Dwi ddim isio gadael petha ar nodyn lletchwith. Ma'r ddwy yn chwerthin ac ma 'na jôcs yn cael eu gneud am fechgyn a bŵbs.

Yna dwi'n ffarwelio efo nhw gan adael Saffi efo Alys. Ma'n siŵr eu bod nhw'n siarad amdana i, ond fedra i ddim neud penderfyniad mawr fel'na heb feddwl am y peth yn iawn. Ma Arwel yn olygus ac yn ddyn rili neis, mae o hefyd yn dad ac yn dallt, ond dwi ddim yn gwbod os oes genna i'r *headspace* i ddêtio, a be os nad fydd o'n gweithio allan? A be 'di hanes yr ysgariad 'ma? Ydi hi'n sefyllfa flêr?

Dwi'n nôl Mabon o dŷ rhieni Tom. Dwi'n ei fwydo a'i roi o i'r gwely. Mae o mor lyfli. Yna dwi'n ista ar y soffa ar fy mhen fy hun yn y tawelwch. Oll dwi'n glywad ydi hymian tawel y ffrij o'r gegin, a'r cloc yn tician ar y silff ben tân.

Dwi'n teipio tecst:

Elina: Go on 'ta, Alys, rho fy rhif iddo fo. Pam lai? El x

ac yn pwyso send.

Pennod 17

SAFFI

Yn ôl yr ap sy 'da fi, dwi wedi mynd wyth wythnos heddi, ac mae'r babi yr un maint â *kidney bean*. Dwi'n teimlo'n sâl bob bore ac mae'n anodd peidio gallu dweud wrth y byd. Dwi ddim hyd yn oed wedi dweud wrth fy chwaer eto. Mae'n help bod Alys ac Elina yn gwybod. Dwi'n hoffi cael Elina yn fy mywyd i – mae fel chwaer fawr sy'n ddoeth ond hefyd yn rili cŵl. Mae'n *amazing* sut mae hi'n gallu cynnal tŷ a magu plentyn ar ei phen ei hun heb fawr o gefnogaeth gan neb. Dwi'n caru ei thŷ hi gymaint, 'sen i'n dwli cael tŷ fel'na un diwrnod.

Dwi'n pwyso'n ôl yn erbyn y clustogau meddal ar y soffa, fy nhraed wedi'u codi a'n llaw i yn gorffwys ar fy mol. Dwi dal methu credu fod 'na fabi yn tyfu ynddo. Dwi wedi bwcio sgan preifat mewn clinic arbennig wythnos nesa. Ma 'da fi bach o dâl ychwanegol gan y brand bicinis sy wedi bod yn noddi fi alla i ddefnyddio i dalu amdano fe. Alla i ddim aros tan y sgan 12 wythnos, dwi isie gwybod os ydi'r babi'n ocê a dwi isie gweld fe neu hi achos dyw e dal ddim yn teimlo'n real.

Dwi'n llithro fy mys dros sgrin fy ffôn sy'n llawn delweddau perffaith; cyfrifon sy'n dangos bywydau sy'n edrych mor drefnus. Dwi'n gwybod fod angen i fi gamu'n ôl o'r cyfryngau cymdeithasol. Nid dim ond er mwyn fy iechyd meddwl i, ond er mwyn y babi bach sy'n tyfu tu mewn i fi. Mae'n haeddu fersiwn iachach ohona i sy ddim yn poeni am beth mae pobl yn meddwl a sut dwi'n cyflwyno fy hun i'r byd drwy'r amser. Dwi isie canolbwyntio ar y pethe sy wir yn bwysig. Dwi isie creu bywyd i fi a'r *kidney bean* sy'n iach, caredig a diogel, lle ma 'da fi'r rhyddid i dyfu i'r fersiwn ore o fi fy hun.

Dwi dal ddim gant y cant yn siŵr sut na phryd dwi'n mynd i ddweud wrth Gwyn a Sara Mai ond dwi'n gwybod fod rhaid i fi. Falle wna i sgwennu llythyr ac anfon llun o'r sgan? Dwi ddim yn gwybod, ond dwi'n sicr ddim isie mwy o stres na drama na sy'n rhaid.

ELINA

Dwi methu coelio 'mod i'n mynd ar ddêt! Ma Mabon newydd fynd i gysgu. Dwi'n neud fy hun yn barod ond dwi methu peidio teimlo'n euog. Dwi heb adael o efo neb oni bai am mam Tom ac ma'n deimlad od i neud rwbath i fi fy hun. Ella na ddylwn i 'di cytuno... ond o'dd rhan ohona i jest isio esgus i adael y tŷ a chael cwmni oedolyn. Ma'n helpu fod yr oedolyn yn edrych fatha'i fod yn syrffiwr proffesiynol o Awstralia sy'n hoff o dorri coed efo bwyell yn ei amsar sbâr – tal efo sgwyddau llydan, barf a gwallt tonnog melyn sy'n syrthio dros ei dalcen. Mae o'n edrych fatha'i fod o'n hoffi treulio amsar tu allan, a dwi'n hoffi hynny amdano fo.

Dwi'n gwisgo'r unig ffrog sy'n dal i ffitio fi efo'r bronna mawr 'ma. Ma'n reit syml, rili – *wrap dress* goch efo llewys hir. Ma hi jest digon isel fel bo genna i chydig bach o *cleavage* yn dangos. Ma'n rhaid i mi wisgo nics mawr sy'n dal fy mol i mewn fatha Bridget Jones, 'di 'mol i ddim cweit wedi mynd 'nôl 'run fath ag oedd o... Dwi hefyd yn gwisgo teits achos does gen i mo'r amsar i shafio a rhoi ffêc tan ar 'y nghoesa ac ma nhw'n wyn fatha Piña Colada. Dwi ddim yn bwriadu eu dangos i neb heno. Dwi'n rhoi chydig o lipstic yr un shêd â'r ffrog ar fy ngwefusa. Sgenna i ddim amsar i neud mwy o ymdrech na hyn. Bydd Saffi yma mewn munud. 'Dan ni 'di penderfynu mynd i rwla lleol sy'n neud Tapas a phlatia bach, sy'n llai ffurfiol na phryd o fwyd mawr. A bydd hi'n haws i adael os oes angan i fi ddod adra ar frys.

Ma nhw'n deud bod alcohol yn medru mynd drwy'r gwaed i'r llefrith, a dwi ddim isio cymryd y risg, felly fydda i ddim yn yfed mwy nag un neu ddau. Dwi prin wedi cyffwrdd ag alcohol ers blwyddyn, ella hyd yn oed yn hirach, ac efo'r blinder 'ma, dwi'm yn siŵr sut fydd o'n effeithio fi. Ond wir, bydd angen rwbath bach i fi ymlacio.

Mae Saffi yma rŵan. *Oh my gosh*, be dwi'n neud? Dwi'n dweud wrthi yn union be 'di be a lle ma'r te a'r coffi a'r bisgedi iddi gael helpu ei hun.

'Joia dy hun, lyfli! Ac os ti'n dod â fe 'nôl heno... *I won't judge*!' mae'n cellwair.

'NO fflipin WÊ! Bydd o *definitely* ddim yn dod 'nôl efo fi! Cofia ffonio os...'

'Dwi'n gwbod, dwi'n gwbod, paid â phoeni, fydda i'n iawn... cer i gael hwyl, ti'n edrych yn lyfli, gyda llaw!'

Dwi'n gadael y tŷ a dwi'n teimlo ar goll heb y sling a bag llawn clytiau. Ma'n deimlad rhyfedd iawn – does gen i ddim Mabon i guddio tu ôl iddo fo a dwi'n teimlo'n reit... *exposed*.

Dwi heb fod ar ddêt ers tua blwyddyn a hannar rŵan, ymhell cyn dechra'r broses IVF o genhedlu Mabon. Hwnna o'dd y dêt nath neud i mi golli hyder yn llwyr mewn dynion a sylweddoli nad o'n i mynd i ddod o hyd i rywun call cyn bo hi'n rhy hwyr.

O'dd o'n edrych yn ocê ar bapur, ond o'dd o'n rili rhyfedd. O'dd o'n holi cwestiynau i mi un ar ôl y llall fatha 'mod i mewn cyfweliad, doedd o ddim yn sgwrs ond *interrigation*. Ond o'dd hwnna'n reit normal o gymharu â rhai o'r dêts erill dwi 'di gael. O leia mi fydd Arwel yn gwmni da.

Dwi'n falch ein bod ni 'di trefnu i gyfarfod yn rwla agos. Dwi'n gallu ei weld o'n sefyll tu allan yn sbio ar ei ffôn. Chwara teg, mae o'n brydlon. Mae o'n edrych yn smart mewn crys denim dros grys T gwyn a jîns. Ma'n rhoi ei ffôn yn ei bocad gan edrych i fyny ac yn 'y ngweld i'n cerddad tuag ato fo. Mae o'n gwenu. Dwi'n gwenu 'nôl.

'Haia! Sut wyt ti? Ti'n edrych yn neis,' mae'n deud gan bwyso mlaen a rhoi hyg i mi. O'n i 'di anghofio pa mor dal ydi o a dwi'n gorfod mynd ar flaena 'nhraed i roi hyg yn ôl, a dwi'm yn fyr o gwbl. Mae o'n arogli'n *amazing*.

'Dan ni'n dechra sgwrsio'n syth bin a chwara teg iddo fo mae o'n cydnabod bod o'n gam mawr i adael babi am y tro cynta. Dwi 'di llenwi fo mewn yn barod dros tecst am Tom a'r IVF. Ma gynno fo ddau o blant, hogyn sy'n saith a hogan sy'n bedair. Mae o'n mynd trwy ysgariad achos o'dd o a'i wraig 'di syrthio allan o gariad. Ma nhw dal yn ffrindia ac yn cadw petha mor gyfeillgar â phosib er lles y plant. Mae o newydd symud allan i fyw mewn fflat ochr yma i'r ddinas.

Dwi 'di yfad un glasiad o win a dwi'n teimlo wedi ymlacio'n reit dda yn ei gwmni fo. 'Dan ni'n trafod miwsig, gigs a Glasto – mae'n debyg o'dd y ddau ohonan ni yno'n gwylio perfformiad enwog Amy Winehouse yn 2008 pan o'dd ganddi waed ar ei thraed a'i sgidia – bechod. Ma'r sgwrs yn llifo rŵan. Ma'n atgoffa fi o Tom mewn sawl ffordd ac ma'n neud i mi chwerthin lot. Mae o'n deud wrtha i ei fod o wrth ei fodd yn dysgu'r plant yn ei ddosbarth, sy'n annwyl. Fedra i ddim dychmygu unrhyw beth mwy *stressful* na gofalu ar ôl dosbarth o blant bach bob dydd a'r cyfrifoldeb o'u haddysgu nhw, ond ma'n amlwg o'r ffordd ma'n siarad am ei swydd ei fod o'n hapus yn ei yrfa, sy'n hyfryd i'w glywed.

Ma'r platia bach o fwyd yn dechra cyrraedd a 'dan ni'n rhannu popeth rhwng y ddau ohonon ni.

'Elina, ti'n iawn?' mae'n gofyn.

'Yndw, dwi'n iawn, 'sti, diolch. Ti?' dwi'n ateb, er dwi'm isio deud wrtho fo fod fy mronna i fatha dwy garreg galad.

'Ydw, gwd, ti'n mwynhau'r bwyd?' mae'n gofyn.

'Yndw, mae o'n rili blasus.' Ma'n lyfli byta bwyd allan, dwi'm yn cael llawer o gyfla i goginio dyddia 'ma.

'Ac ydi popeth yn ocê... 'da ti?' mae'n gofyn eto. Ma'n rili od, y ffordd ma'n gofyn i mi os dwi'n ocê drwy'r amsar.

'Yndw, *champion*,' dwi'n deud gan wenu. Ma 'mronna i'n lladd rŵan, dwi'n mynd i orfod mynd i'r toiled. Dwi'n esgusodi fy hun.

Dwi'n edrych yn y drych yn y tai bach. Ma 'ngwallt i braidd yn fflat, ma'n lipstic i 'di dod i ffwrdd... FFYC ME! Ma 'mronna i 'di gollwng! 'Nes i anghofio rhoi *breastpads* yn fy mra! Dwi'm angan nhw fel arfar, ma Mabon yn *attached* i mi 24/7 ac yn cymryd llefrith fel mae o angan. Ma'r patshys gwlyb yn edrych fatha dwy lygad fawr yn syllu.

Oh my gosh, ai dyna pam o'dd Arwel yn gofyn i fi os o'n i'n ocê? Dwi mor *embarrassed*! Shit! Dwi'm yn gwbod be i neud. Bydd rhaid i mi neud 'pump and dump'. Dwi'n mynd mewn i'r ciwbicl... ma hyn mor ffycin *weird*, dwi'n penglinio ar y llawr, dwi ddim isio meddwl faint o *germs* sydd arno fo. Dwi'n llusgo fy ffrog i'r ochr, yn tynnu fy mron allan o'r bra, yna dwi'n masâjio fo'n reit galad. Dwi'n godro fy hun mewn i'r toiled. Dwi'n *mortified* ac yn teimlo mor euog 'mod i'n gorfod cael gwarad o'r llefrith fel hyn, dylwn i fod adra yn bwydo Mabon. Dwi methu peidio teimlo'n hollol gyted.

Dwi'n rhoi papur tisw yn fy mra ac yn sychu be fedra i o fy ffrog o dan y sychwr. Ar ôl be sy'n teimlo fatha oria dwi'n mynd 'nôl at y bwrdd. Ma Arwel wedi gorffan ei fwyd o, a bechod, mae o wedi gadael hanner y *patatas bravas* a'r *calamari*, sydd bellach yn oer, ar ôl i fi. Dwi'n gwisgo'n siacad ddenim rhag ofn bod y patshys gwlyb dal yn weladwy, ond hefyd am bo fi rili, rili isio gadael.

'Hei, ti'n iawn?' mae o'n gofyn.

'Dwi mor sori, Arwel, dwi'n cael noson lyfli, ond fedra i ddim bod 'ma, dwi angan mynd adra 'sti,' dwi'n deud mewn panic. Mae o jest yn rhy fuan.

'Mae'n iawn, dwi'n deall yn iawn. Wyt ti'n iawn i aros am ddeg munud i mi dalu'r bil a fe wna i gerdded ti gatre?' mae'n deud mor garedig. Dwi ddim wir isio aros ond dwi ddim isio cerddad 'nôl ar ben fy hun yn y tywyllwch chwaith.

'Ia, ocê, sa hynny'n neis, gad i fi dalu hannar, ddo, plis,'

'No chance,' mae o'n deud efo'r wên fwya del. Mae o mor glên.

Nath o gerddad fi adra. O'dd o mor fonheddig. O'dd hi'n neis cyfarfod dyn *genuine* sydd, am unwaith, ddim yn hoyw! Nath o roi hyg bach i mi a deud bod o 'di cal noson neis. Dwi'm yn cofio'r tro dwetha i mi gael hyg iawn gan ddyn. O'dd o'n arogli mor neis.

'Nes i lwyddo i gael gwarad ar Saffi heb ddeud gormod am sut aeth hi. Do'n i ddim isio ail-fyw'r digwyddiad, a do'n i ddim isio iddi ofyn gormod o gwestiyna felly ddudis i wrthi 'mod i 'di blino ac y gwna i anfon neges ati'n y bora.

Ma Mabon dal yn cysgu, a dwi methu aros nes mynd mewn i'r gwely nesa ato fo. Ma 'mhen i'n troi efo'r gwin, cywilydd, siom a blinder. Dwi'n troi i edrych ar Mabon a dwi'n cael y teimlad cyfarwydd 'na eto dwi 'di bod yn ei gael ers iddo fo gael ei eni – jest fi a fo yn erbyn y byd.

Pennod 18

SAFFI

Dwi wedi dod i'r Scan Clinic ar fy mhen fy hun. Mae'n dawel iawn yma o gymharu â stafelloedd aros ysbytai cyhoeddus. Mae'r adeilad yn edrych yn newydd sbon, mae'n glinigol ond rhywsut yn gartrefol gyda chadeiriau pren a phlanhigion mawr ym mhob cornel.

Ma 'na gwpwl newydd fynd mewn i'r stafell. O'dd bwmp y fenyw yn fawr iawn, rhaid ei bod hi wedi mynd saith neu wyth mis. O'n nhw dipyn yn hŷn na fi. O'dd ei fol e bron mor fawr â'i bol hi. O'dd hi'n edrych wedi chwyddo i gyd, ei hwyneb yn fawr ac yn grwn ac roedd hi'n wadlo fel hwyaden. Dwi methu dychmygu fy hun yn edrych fel'na. Mae edrychiad menyw fel arf ac unwaith iddi golli ei harddwch does neb yn cymryd sylw... nac yn cymryd ti o ddifri wedyn. Dwi'n cael mynd drwy fy mywyd fel petai'r byd yn plygu ychydig o 'mlaen i. 'Don't worry about it love' dwi'n ei gael gan ddynion os dwi heb brynu tocyn trên, neu os nad oes 'da fi cweit digon o newid am y bws.

Mae drysau'n cael eu dal ar agor i fi, dim ond oherwydd fy ngwên. Mae'n swnio'n *narcissistic*, ond dwi'n ymwybodol iawn o'r fraint sy 'da fi... dyw fy chwaer, sydd ychydig yn llai slim na fi a'i chroen un shêd yn dywyllach, ddim yn cael yr un ffafriaeth gan gymdeithas, yn anffodus – er ei bod yn hollol *stunning*. Dwi wedi byw mor hir yn dibynnu ar fy ymddangosiad, dwi ddim hyd yn oed yn gwybod pwy fydda i pan na fydda i'n gallu gneud hynny. Ac mae'n rhaid cyfadde, ma golwg y fenyw 'na wedi hala ofn arna i, braidd.

Dwi'n sylwi fod 'na siwmper wedi cael ei gadael ar ôl ar y gadair drws nesaf ond un i fy un i. Dyw hi'n sicr ddim yn perthyn i'r dyn oedd yma bum munud yn ôl. Rhaid bod rhywun wedi ei hanghofio hi, byddan nhw'n gyted pan wnawn nhw sylweddoli. Dwi'n teimlo'n eithaf eiddigeddus bod dim dyn sy'n gwisgo siwmper Ralph Lauren yn fy mywyd i, yn dod i sgans gyda fi.

Mae'r cwpwl crwn yn dod mas o'r stafell, yn edrych ar ei gilydd ac ar y llun gyda chymaint o dynerwch a chariad.

'Saffi Akintola?' Dwi'n cael fy ngalw mewn i'r stafell.

Mae'r *sonographer* yn gofyn i mi gadarnhau fy enw, cyfeiriad a dyddiad geni, yna mae'n dweud:

'You here on your own today, love?' ac mae'r geiriau yn fy nharo i'n galed. Ydw, mi ydw i ar fy mhen fy hun.

Dwi'n gorwedd ar y gwely fel mae hi'n gofyn i fi neud. Mae hi'n rhoi jeli ffycin *freezing* ar fy mol. 'This might feel a bit cold,' mae'n dweud, yn rhy hwyr. Mae hi'n rhwbio'r peiriant dros y jeli wrth edrych ar y sgrin. Does dim emosiwn ar ei hwyneb. Ydi popeth yn ocê? Pam bo hi ddim yn dweud unrhyw beth? Alla i ddim dweud o be alla i weld ar y sgrin beth yw beth.

'There he or she is...' mae hi'n dweud o'r diwedd gyda gwên. 'Hiding from us.'

Dwi'n gadael anadl ddofn o ryddhad mas.

'Look, the baby's moving its little legs... you've got a future footballer there, my love.'

A dwi'n gallu ei weld – fy mabi i! Dwi'n teimlo'n emosiynol. Ydw, dwi'n bendant yn neud y peth iawn. Mae hi'n rhoi'r llun i fi gadw. Dwi methu credu fod hyn yn digwydd. Dwi'n diolch iddi ac yn gadael y stafell. Dwi'n canolbwyntio gymaint ar edrych ar y llun, dwi bron â cherdded yn syth mewn i berchennog y siwmper Ralph Lauren, sy'n amlwg wedi dod 'nôl i'w nôl hi.

'Sori...' dwi'n dweud gan godi fy mhen i edrych arno.

Gwyn.

Ni'n syllu ar ein gilydd am eiliad, dim un ohonom yn siŵr beth i'w ddweud. Dwi'n *rumbled*. Mae'n hollol amlwg pam dwi yma.

'Saffi...' mae'n dweud yn dawel.

'Haia,' dwi'n llwyddo i ddweud 'nôl.

'Dwi a Sara Mai yn trio eto... daethon ni 'ma am un o'r sgans 4D 'na er mwyn medru gweld y babi'n glir – o'n i isio fo deimlo'n real... o'dd o'n hollol *amazing*.' Mae e'n edrych mor hapus, dwi rili ddim isie byrstio ei swigen nawr.

'Da iawn, dwi'n falch,' dwi'n dweud gan aros iddo roi dau a dau at ei gilydd. Yna dwi'n gweld y geiniog yn disgyn.

'Be ti'n neud yn fama? Ti'n disgwyl?' mae'n gofyn.

'Ydw... dyddie cynnar iawn, ond fel ti, o'n i isie gweld fod e'n real...' dwi'n dweud gan edrych arno fe yn eitha serious ac yn dal ei lygad e. 'Dwi 'di mynd wyth wythnos.'

'Llongyfarchiada! Do'n i ddim yn sylweddoli bo chdi efo rhywun...' mae'n edrych yn conffiwsd.

'Dwi ddim.'

'O, shit...' mae'n dweud. Yna, dwi mwy neu lai yn gallu gweld y cogiau'n troi yn ei ben, ac mae'n cael sylweddoliad arall. 'Nid fi... 'di'r tad...?'

Dwi'n aros am eiliad cyn ateb, 'Ie, *actually*, ti yw'r tad.'

Mae e'n cael beth fyddwn i'n ei ddisgrifo fel *mild panic attack* o 'mlaen i ac mae'n eistedd lawr i ddal ei wynt. Mae'n gofyn i fi drosodd a throsodd os dwi'n jocian ac os dwi'n siŵr.

'Sori, do'n i ddim isie i ti ffeindio mas fel hyn,' dwi'n dweud. Dwi'n teimlo'n wael ac mor lletchwith. 'Dwi ddim isie dim byd ganddot ti, Gwyn,' dwi'n dweud. 'Ti ddim yn gorfod bod yn ein bywydau ni o gwbl.'

Mae'n dechrau crio. Mae e *actually*'n crio.

'Shit, Saffi, be ffwc dwi'n mynd i ddeud wrth Sara? Ma hi mynd i ladd fi!' Gwir. Bydd hi'n bendant ddim yn hapus.

Ar y gair, dyma hi'n dod gan frasgamu drwy'r fynedfa a'r stafell aros tuag atom. Rhyw bum cam tu ôl iddi mae 'na ddau ddyn – un tal ac un byr, yn dal camera ac offer sain. Wrth gwrs, *O'r Groth i'r Crud*, mae'n rhaid eu bod yn eu ffilmio nhw'n gynharach yn cael y sgan ac yn gobeithio nawr am ychwanegiad bach i'r stori.

'Gwyn? Dwi 'di bod yn aros amdanat ti ers *ages* mas fyna... be sy'n mynd mlân?' mae'n gofyn yn ddiamynedd. Yna mae'n gweld fi. 'Saffi? Be ti'n neud 'ma?' Mae hi'n sylwi ar ddagrau Gwyn, ar fy llun sgan i, a'r tensiwn fydde'n bosib ei dorri â chyllell. Mae'r ddau ddyn camera yn edrych fel y *paparazzi* ar ôl sgandal.

'Sori, all rywun ddweud wrtha i be FFYC sy'n mynd mlân?' mae'n gofyn mewn llais eithriadol o *high pitched*.

Mae Gwyn yn dechrau esbonio'r sefyllfa, ac mae'r byrra o'r ddau ddyn yn dechrau ffilmio.

'Stopiwch, plis!' mae Sara'n dweud gan wafftio ei llaw o'u blaenau. 'STOP IT!!' mae'n gweiddi eto, gan eu bod wedi ei hanwybyddu. Dwi'n falch iawn bod y lle 'ma'n wag, ac yn gweddïo na fydd rhywun arall yn dod mewn i'r olygfa.

Pan mae Gwyn yn cyrraedd y darn am y babi – ein babi ni – mae'r gwaed yn diflannu o wyneb Sara Mai. Dyw hi ddim yn dweud dim. Mae pawb arall yn dawel hefyd, does neb yn meiddio dweud gair.

'Ga i allwedd dy gar di, plis?' mae'n gofyn i Gwyn.

'Ond...'

'NAWR!' mae'n gweiddi. Mae Gwyn yn pasio'r allweddi ati.

'Paid ti meiddio fy nilyn i!' mae'n dweud wrth Gwyn drwy ei dannedd. 'You can all fuck off as well!' mae'n gweiddi wrth y gweddill ohonom. Ac mae'n cerdded mor gyflym ag mae'r bwmp mawr yn caniatáu drwy'r drysau awtomatig ac yn gyrru'r car i ffwrdd, gan adael Gwyn, fi, y dyn camera a'r dyn sain yno'n fud.

ALYS

Mae'r cast wedi cael ei gymryd oddi ar fy mraich, ac mae'r *antidepressants* yn dechrau gweithio. Dwi'n poeni llai am bethe, a dwi'n teimlo fel bod mwy o amynedd 'da fi tuag at Cadi a Daf.

Dwi'n dal i feddwl am Owain a'r ysgol. Dwi wedi clywed ganddo fe a Margaret yr ysgrifenyddes, ond dwi heb gael fawr o gysylltiad gan y staff.

Dwi'n trio peidio meddwl gormod am y peth a chanolbwyntio ar wella'n iawn.

Mae neges gan Elina yn y grŵp 'Mission: Gwynpossible':

Elina: Genod, dwi'n teimlo fatha gneud rwbath hwyl! Ma Tom yn dod fory felly ma genna i amsar heb Mabon. Chi ffansi mynd i nofio yn y môr? Dwi heb fod yn nofio gwyllt ers oes. El X

Mae hyn yn teimlo fel rhyw fath o arwydd i mi. Dwi'n meddwl am y peth. Dwi heb fod o'r blaen, ond ers y ddamwain dwi'n teimlo fel bod angen neud y mwya o fywyd a manteisio ar gyfleoedd i neud pethe newydd, hyd yn oed os mae'r cyfleoedd yn dod ar fyr rybudd. Dwi'n meddwl am yr holl bethe dwi heb eu gneud achos bo fi ofn neud pethe allan o'r drefn arferol, neu orfod newid planie munud ola – y trip 'na i wlad Thai gyda Saffi ar ôl graddio; y tocyn hanner pris ges i gynnig i fynd i ŵyl gerddoriaeth fawr; gigs Daf pan o'dd e'n Ffrans Awstria oedd yn digwydd ar nosweithiau ysgol. Falle mai dyma jest y peth i gael fi mas o'm *comfort zone* i, a nawr fod fy mraich i'n well, does dim esgus 'da fi.

Alys: Dwi heb fod o'r blaen, ond dwi am ddod! X

Beth dwi 'di neud? Mae'n fis Ebrill, mae mynd i fod yn rhewi! Dwi'n edrych ar fanteision nofio gwyllt, ac mae 'na lawer ohonyn nhw... yn cynnwys gwella iechyd meddwl. Dwi'n dechrau dod rownd i'r syniad.

Saffi: No ffycin way! Dwi 'di bod o'r blaen, o'dd e'n hunlle! X

Dwi braidd yn gyted bod Saffi ddim isie dod. Bydde gwneud rhywbeth fel grŵp yn hwyl. Dyw hi ddim yn ofni dweud ei barn. Mae 'na ryw ran ohona i'n edmygu hynny, ond mae'n gallu lladd syniad cyn iddo ddechrau.

Elina: O, *come on*, Saffi, bydd o'n laff! Ma genna i *wetsuit* sbâr i chdi a sgidia dŵr ac un o'r Dry Robes yna i wisgo ar ôl dod allan. A ty'd â het gynnes.

Chwarae teg i Elina!

Alys: Does dim *wetsuit* 'da fi, oes angen un?

Elina: Nagoes, jest het wlân a dillad cynnes ar ôl dod allan. A wna i ddod â Thermos o ddiod poeth.

Dwi'n dechrau meddwl beth i'w wisgo. Dwi ddim isie dangos gormod o 'nghorff. A bydd angen dillad hawdd i'w rhoi mlân wrth geisio balansio ar un droed ar y tywod yn yr oerfel.

Saffi: Newydd gwglo. Dwi ddim fod i nofio mewn dŵr oer achos bo fi'n feichiog, ond wna i badlo os oes rhaid. Ma 'da fi lot i ddweud wrthoch chi. Gawn ni weld os alla i bara mwy na 60 eiliad tro 'ma!

Dwi'n meddwl bod Saffi wedi cymryd at Elina, mae'n edrych lan ati, achos dwi ddim yn meddwl bydde llawer o bobl yn gallu ei pherswadio hi i wneud rhywbeth dyw hi wir ddim isie gwneud.

Elina: Hwrê! Traeth y Barri, dydd Sadwrn, 10am?

Dwi dal ddim yn siŵr os fydda i'n ddigon dewr i fynd mewn i'r dŵr, ond dwi'n mynd i ddod o hyd i bopeth: het wlân, siwmper drwchus, dillad isa sbâr a thywelion. Wrth i mi osod popeth yn barod, mae fy mol yn troi a dwi methu penderfynu os mai nerfau sy'n neud 'ny, neu gyffro, neu'r ddau.

ELINA

Er syndod mawr, ma Arwel dal i decstio fi bob hyn a hyn, sydd... wel... yn neis. Mae'n braf cael sgwrs efo oedolyn, ac mae hi mor hawdd siarad efo fo.

Arwel: Jest isie dweud, ces i noson rili neis nos Sadwrn, trueni o'dd rhaid i ni dorri fe'n fyr, sut wyt ti'n cadw?

Elina: Dwi'n ocê, ond dal mor *embarrassed* am 'y digwyddiad' 'de, ces i noson neis 'fyd.

Arwel: Paid â bod yn soft, achan! Mae'n naturiol! Ac os rhwbeth, dwi'n cael llun clir o dy fronnau di'n fy mhen pan dwi'n meddwl am y peth!

Elina: Ti'n neud hi'n anodd i gadw petha'n blatonig pan ti'n deud petha fel'na...

Arwel: Dwi'n gwbod... sori...

Elina: 'Nes i joio dy gwmni di, ddo.

Arwel: Fi 'fyd, Elina. Falle, pan ti'n barod, cawn ni neud e 'to. X

Dwi'n gorwedd yn fy ngwely, y sgrin yn dal yn llachar dan fy mysedd. Ma neges ola Arwel dal yno. Does dim llawer o eiria, ond ma 'na rwbath am y ffordd mae o wedi'i sgwennu... ma'n teimlo fatha cwtsh tawel ar noson wag. A dwi'n teimlo fatha fflach bach o rwbath... rwbath dwi heb deimlo ers oes. Rhyw adlais o fy hun cyn Mabon – cyn y blinder cyson a chyn y ffaith fod fy nghorff i bellach yn perthyn i rywun arall sy'n tynnu ar bopeth dwi'n ei roi.

Do'n i ddim yn meddwl y byswn i'n mwynhau'r sylw. Er bod y cof o'r llaeth ar fy ffrog a'r ffordd o'dd o'n trio rhoi gwbod i mi mewn ffordd gynnil yn neud i mi grynu tu mewn, mae 'na rwbath am Arwel... o'dd ei ymateb o mor lyfli. Mae o'n garedig, doniol mewn ffordd dawel, ac yn neud i mi deimlo fatha dynas, nid dim ond mam.

Be sy'n bod arna i? Dwi ddim isio'r cymhlethdod. Dwi ddim isio gorfod egluro petha na thynnu llinellau. Dwi jest... isio teimlo fatha 'mod i ddim 'di diflannu'n llwyr tu mewn i fwslins a chlytiau a nosweithiau heb gwsg.

A phan dwi'n cau fy llygaid, dwi'n cofio'r ffordd o'dd o'n edrych arna i, ddim mewn ffordd seimllyd nac annifyr, ond rhyw edrych arna i fel petai o'n fy ngweld i. Ac yn y tywyllwch, dwi'n llithro fy llaw dan y flanced, ac yn meddwl, tybed... ella jest am heno, fedra i adael i'r cof ohono fo a'i gyhyrau, ei harddwch garw, a'i lygaid glas sy'n gwenu, aros...

Pennod 19

ALYS

Mae Elina'n gyrru'r tair ohonom i'r Barri. Dwi dal ddim yn ddigon hyderus i yrru ar ôl y ddamwain. Mae'n ddiwrnod diflas ac mae'r gwynt yn codi.

Wrth i ni gyrraedd dwi'n sylwi fod y traeth bron yn wag. Dwi mond wedi bod yma ar ddiwrnode poeth yng nghanol yr haf. Mae ambell gi yn rhedeg ar hyd y tywod ac mae unrhyw bobl mewn cotiau mawr. Mae'r cabanau'n edrych yn llachar o'u cymharu â'r awyr lwyd sy'n bygwth glaw. Does dim un nofiwr yn y môr. Wrth gwrs nad oes e, dim ond ni fydde'n meddwl fod hyn yn syniad da.

Ni'n gosod y stwff ar y tywod – y Dry Robes, tywelion a fflasg o siocled poeth. Mae'r gwynt yn codi'r tywod mân i'n croen ni, fel pinnau bach yn pigo.

Mae Saffi'n gwisgo *wetsuit* Elina, er mai dim ond hyd at ei phengliniau mae hi'n bwriadu mynd i mewn. Mae hi'n edrych yn hollol rong ac yn hollol *amazing* ar yr un pryd. Dim y Saffi arferol sy'n troi pen ym mhob man mae'n mynd. Mae hi'n cuddio, yn lapio'i hun, fel petai hi'n chwilio am gysur. Mae'r het, y menyg a'r sgidiau dŵr yn neud iddi edrych fel rhywun sydd ar fin mynd ar reid tanddwr i achub dolffiniaid coll.

Mae Elina'n edrych fel Elina. Mae hi'n hyderus a lliwgar, mewn siwt nofio lachar bron yn seicedelig, het binc a sbectol haul. Mae ganddi dipyn o liw haul, fel bob amser, er ei bod hi'n honni ei bod yn welw.

Dwi'n wyn fel ewyn y don a dwi'n gwisgo gwisg nofio ddu, syml. Dwi'n poeni am bopeth – blew, *stretch marks* a *cellulite*. Ond dwi yma.

Ni'n sgrechen wrth fynd tuag at y dŵr. Gigyls merchetaidd, y math sy'n dod o'r stumog ac sy'n neud i ti deimlo'n ddeg mlwydd oed eto. Mae'r tair ohonon ni'n dal dwylo wrth i ni gerdded mewn, yn sgrechen wrth i'r tonnau ein taro, ond ar y tu fewn dwi'n teimlo heddwch a llonyddwch dwi heb ei deimlo ers oes. Pan dwi'n suddo fy hun i'r dŵr, mae popeth arall yn diflannu – pob teimlad o beidio â gwneud digon, pob hunanamheuaeth a phob euogrwydd. Dwi methu meddwl am ddim arall heblaw am anadlu. Mae natur mor fawr o 'nghwmpas, mor bwerus. Pan dwi'n rhoi fy mhen o dan y dŵr, mae'n teimlo fel golchi popeth i ffwrdd.

'Dwi'n lyfio bod yn y môr, ma'n neud fi mor hapus!' mae Elina'n gweiddi dros sŵn y gwynt a'r tonnau.

Mae darn o wymon seimllyd yn lapio ei hun o gwmpas troed Saffi.

'Argh! Argh! *Gross*! Dyw hwn ddim i fi, ferched! Dwi mas o 'ma!' Sai'n beio hi, chwarae teg iddi am drio, a dwi'n trio'n galed i beidio chwerthin. Ma Elina a fi yn mynd mewn yn ddyfnach ac yn neidio lan a lawr gyda'r tonnau am sbel.

Dwi ddim isie dod mas.

Mae'n rhewi. Ond dwi'n teimlo'n fyw.

Ar ôl sychu a newid 'nôl, mae'r tair ohonom yn eistedd ymysg y creigiau yn yfed siocled poeth. Dwi dal i deimlo'r endorffins yn chwyrlïo o gwmpas fy nghorff. Dwi'n bendant am neud hyn eto.

Wrth i ni sipian siocled poeth, ry'n ni'n dechrau dala lan gyda newyddion ein gilydd. Mae Saffi'n sôn am y sgan a gweld Gwyn a Sara Mai. Yna mae hi'n dangos llun o'r babi ar ei ffôn. Dwi methu credu'r peth, Saffi yn disgwyl babi! Yna dwi'n sylwi ar Elina ac mae hi'n edrych ychydig yn emosiynol, ond mae hi'n trio cuddio'r ffordd mae'r newyddion yn ei tharo hi. Babi ei chyn-gariad yw hwn, wedi'r cyfan. Sgwn i sut mae hynny'n teimlo? Mae'n rhaid nad yw e'n hawdd. Dwi'n newid y pwnc yn ofalus:

'Be amdanat ti, El?' dwi'n gofyn. 'Ti 'di clywed lot gan Arwel?'

'Do, mae o'n lyfli chwara teg.' Mae'n amlwg bod Elina'n ei hoffi. Mae rhywbeth ysgafn yn ei llais pan mae hi'n sôn amdano.

Dwi'n rhannu fy stori i wedyn, am y camau bach dwi'n cymryd i drwsio pethe gyda Daf. Mae'n braf cael siarad y peth drwyddo gyda ffrindie. Mae rhywbeth am eistedd mewn cylch gyda merched fel hyn yn teimlo'n iachus, bron yn hynafol. Fel camu'n ôl mewn amser i rywbeth pur. Yn fan hyn, yn eistedd ymysg y creigiau gyda dwy fenyw hyfryd, dwi'n teimlo fel taw fel hyn y dylai pethe fod. A dwi'n teimlo am y tro cynta yn fy mywyd 'mod i'n perthyn i rywbeth, fel rhyw fath o chwaeroliaeth. Ac mae'n deimlad braf.

ELINA

Ar ôl dod adra o'r Barri a chael cawod boeth, mae Tom a fi'n penderfynu mynd am dro efo Mabon i'r parc cyfagos a chael coffi, sgwrs ac awyr iach a gwylio'r byd yn mynd heibio. 'Dan ni'n ista ar fainc, ma Mabon yn cysgu yn y sling *as always*, ac ma'n pwyso ei ben ar fy nghalon i.

Ma 'na ryw naws ryfedd rhyngon ni heddiw, fedra i ddim rhoi 'mys arno fo, ond tydi'r sgwrs ddim yn llifo cweit mor hawdd ag o'dd o'n arfer yn ddiweddar.

'Ti'n cofio'r noson 'na yn Brixton pan gollon ni ein gilydd yn y dorf?' mae'n deud i dorri'r tawelwch.

'Yndw tad, o'n i bron â chrio! Yna 'nes i edrych i fyny a dy weld ti'n dawnsio fatha woli ar dy ben dy hun ar y llwyfan mewn fest, efo *glowsticks* a sudd oren a fodca mewn potel blastig...' .

'Ah! O'n i'n teimlo'n anorchfygol!' Mae o'n chwerthin.

'Ti'n cofio mynd i Glastonbury yn 2007 a nath dy ffôn di ddisgyn o dy boced di i mewn i'r toilet a lawr i'r *cesspit*? Ac o'dd o jest yno'n arnofio mewn shit pobl am yr holl wsnos?' dwi'n deud.

'Ych-a-fi, ydw! Ond do'dd dim gyment o ots yn 2007, do'n ni prin yn iwso'n ffôns, ta beth!' medda fo, ac ma'r ddau ohonon ni'n chwerthin gan gofio'r dyddia da.

Ma Tom yn edrych i lawr ar Mabon. 'Yndyw e'n *gorgeous*? Edrych arno fe. Ni wedi creu person bach go iawn,' mae'n deud yn llawn cariad ac edmygedd. 'Ti'n meddwl neith e bartïo mor galed â naethon ni, pan fydd e'n hŷn?'

'No ffwcin wê! Mi fydd o'n angel ac adra efo fi bob nos tan fod o'n 30!' dwi'n ddeud. Ond mae dychymgu'r dyfodol yn y sefyllfa ryfedd, anarferol yma'n anodd a chydig yn boenus. Sgen i ddim syniad sut fydd fy nyfodol i'n edrych mewn 30 mlynedd. Dwi'n gwbod fod o'n meddwl yr un fath. Ydi'r *set-up* yma'n gynaliadwy? Dwi'm yn gwbod, mae o gymaint anoddach ac yn fwy unig nag o'n i'n ddisgwyl.

Mae'n dawel eto. Dwi'm yn siŵr be i ddeud.

‘’Dan ni ’di cael gymaint o hwyl dros y blynyddoedd, yn do? Dwi rili yn meddwl, pan fydda i’n hen ac yn marw ac yn cofio ’nôl am hoff amseroedd fy mywyd, mi fyddi di wedi bod efo fi mewn ryw 90% ohonyn nhw...’

‘Aw, Lin, ma hwnna’n beth lysh i’w ddweud. Ti ’fyd, Bêb,’ ma’n deud. Yna ma ’na dawelwch eto.

‘Hei, beth wyt ti isie’i neud ar gyfer dy ben-blwydd?’ mae’n deud wedyn gan gymryd sip o’i *latte*. ‘*Forty, baby*! C’mon. Ni’n gorfod dathlu! A plis paid â dweud *spa day* neu *meditation retreat*. Dwi isie gliter a phenderfyniadau dwl.’

Dwi’n chwerthin. ‘Be am y gliter... ond heb yr hangofyr?’

‘Deal!’

Yna mae’r sgwrs yn arafu eto, felly dwi’n estyn am fy ffôn.

‘Dwi’m yn cofio os ’nes i anfon y llun ’ma i chdi, ond sbia ciwt ydi o’n yr *outfit* bach gath o gan fy chwaer!’ Dwi’n pasio’r ffôn iddo gael gweld Mabon yn gwisgo dyngarîs bach denim. Ma Tom yn gwenu ac yn sbio ar y llun am chydig, ond yna mae ei wyneb o’n newid.

‘Arwel? Pwy yw Arwel?’ ma’n gofyn yn reit flin. A dwi’m yn siŵr pam ond dwi’n cael pwl bach o euogrwydd neu banic. Dwi’n cymryd y ffôn oddi wrtho fo ac yn edrych ar y neges nath fflachio i fyny.

> **Arwel:** Ma ’na gig Gruff Rhys yng Nghaerdydd mis nesa, os ti ffansïo dod gyda fi? Ti ’di clywed yr album newydd? X

‘Jest ffrind dio,’ dwi’n deud. ‘Es i ar ddêt efo fo ond... wel... do’n i ddim yn teimlo’n barod rili, felly ’dan ni wedi penderfynu aros yn ffrindia.’ Mae Tom yn dawel. Dwi’n teimlo’i lygaid arna i, ond yna mae o'n edrych i ffwrdd, fel petai'n trio darllen rwbath yn yr awyr.

Dwi'n cnoi tu mewn i 'moch. Dwi'm yn siŵr pam 'mod i mor nerfus. Dwi'n teimlo fatha 'mod i 'di gneud rwbath mawr o'i le, ond dydw i ddim.

'Ti'n meddwl... fydd e'n dod i dy ben-blwydd di?' mae o'n deud yn y pen draw.

'Na,' dwi'n ateb yn rhy gyflym. 'Wel, ella, ond jest ffrind dio. Dwi jest... dwi heb benderfynu be dwi isio eto.'

Dwi'n edrych arno fo, a gweld rwbath bach yn newid yn ei wyneb o. Dydi o'm yn ddig, a dwi'm yn meddwl ei fod o'n genfigennus, ond jest yn amlwg yn brifo rhywfaint. Dio'm yn deud dim byd arall.

Ma Mabon yn crynu'n ysgafn yn ei gwsg a 'dan ni'n iste yno'n dawel, y tri ohonon ni, rhwng y gorffennol oedd mor glir, a'r dyfodol dwi heb ddechra neud synnwyr ohono fo eto.

SAFFI

Dwi'n eistedd ar y soffa fawr lwyd, fy nhraed wedi'u lapio mewn blanced feddal, a'r bachyn crosio'n symud mewn rhythm cyson rhwng fy mysedd. Sgìl newydd dwi wedi'i ddysgu i fi fy hun ers cymryd brêc o'r cyfryngau cymdeithasol, ac mae'n gwneud lles. Dwi hefyd wedi bod yn darllen llyfrau, *actual llyfrau* a gwneud yoga. Mae gen i gymaint mwy o amser nawr i wneud pethe sy'n dod â phleser i mi. Dwi'n creu blanced fach streipiog, liwgar ar gyfer y babi. Mae'r broses yn araf ond yn therapiwtig. Mae'n teimlo fel bo fi'n creu rhywbeth go iawn a chadarn, wrth i weddill fy mywyd deimlo braidd yn ansicr.

Ddwedes i wrth fy rhieni bore 'ma am y beichiogrwydd. Roedden nhw mewn sioc i ddechrau, yn enwedig Mam. Doedd hi ddim yn gwybod beth i'w ddweud ac o'n i'n synhwyro ei bod hi'n siomedig ynddа i ac yn poeni beth fydd pobl yn meddwl ohona i, a'r teulu. Ond roedd Dad yn syndod o hapus. Dyn o Nigeria yw e a Saesneg yw ei ail iaith. Mae e wastad wedi bod yn llym, gyda gwerthoedd traddodiadol iawn. O'n i mor ofnus i ddweud wrtho fe, ond pan wnes i, cododd ar ei draed, daeth draw ata i a rhoi cwtsh mawr i mi a dweud 'I'm going to be a grandad! I can't believe it!'

Nath hwnna lenwi fy nghalon i, ac ar ôl i Mam weld ymateb Dad, meddalodd hi ychydig hefyd. Dwi'n meddwl bydd hi'n ocê unwaith y daw hi dros y sioc. 'Nes i ddim mynd mewn i fanylion am Gwyn a Sara Mai, maen nhw'n gwybod nad ydw i mewn perthynas gyda'r tad a dwi ddim am ddweud mwy 'na hynny.

Mae'r holl ddigwyddiad yn y clinic wedi bod yn chwarae ar fy meddwl i. Dwi wedi ysgrifennu llythyr at Gwyn a Sara Mai. Dwi ddim yn siŵr eto os gwna i bostio fe, ond o'dd rhaid i fi neud rhywbeth. Mae'n dweud:

Annwyl Gwyn a Sara Mai,

Dwi'n ysgrifennu i ddweud pa mor flin ydw i eich bod chi wedi ffeindio mas am y beichiogrwydd fel wnaethoch chi. Dwi'n gwybod ei fod yn sioc fawr i chi, fel oedd e i fi.

Doedd cael babi nawr, yn enwedig yn y ffordd yma, ddim yn rhan o fy nghynllun i, ond mae wedi digwydd a dwi'n mynd i wneud y gorau o'r sefyllfa. Dwi'n gwybod alla i fagu'r babi 'ma ar ben fy hun, a dwi ddim yn mynd i fynnu unrhyw beth gan Gwyn. Gall fod mor involved ac mae isie bod.

Rwy'n gobeithio na fydd y sefyllfa yma yn effeithio ar eich perthynas chi. Mae ganddoch chi gymaint o hanes a bydden i'n teimlo'n euog petaech chi'n gwahanu ar sail canlyniad un noson. Dwi wir yn gobeithio y gallwch chi ddod trwy hyn gyda'ch gilydd. Dwi ddim yn disgwyl maddeuant na chydymdeimlad, dwi jest eisiau i chi wybod nad oedd hyn erioed wedi'i fwriadu i achosi niwed. Dwi wir yn dymuno'r gorau i chi'ch dau.

Mae'r babi yma'n mynd i gael ei fagu mewn cariad, ac felly, os oes lle i heddwch rhyngon ni ryw ddydd, bydden i'n gwerthfawrogi hynny'n fawr.

Gyda phob parch a dymuniad da,

Saffi

Dwi wedi darllen y llythyr drosodd a throsodd. Sdim syniad 'da fi os neith e helpu o gwbl, ond dwi'n teimlo fel bo fi wedi gadael y clinic 'na fel diweddglo i opera sebon, fel petawn i wedi arllwys petrol dros y lle a chynnau matsien, ei thaflu, a cherdded i ffwrdd.

Dwi 'di bod yn teimlo'n fwy egnïol yn ddiweddar, ac mae'r salwch yn dechrau gwella. 'Nes i lwyddo i neud cryn dipyn o oriau ychwanegol yn y gwaith a dwi wedi torri lawr ar wario ar ddillad a cholur, felly dwi wedi llwyddo i safio ychydig o arian yn ddiweddar. Dwi ddim wedi dweud wrth 'y ngwaith 'mod i'n feichiog eto, dwi 'di bod yn gwisgo dillad llac, a dwi ddim yn dangos llawer ta beth, felly dwi'n gobeithio gwneud mwy o *overtime* am rai misoedd. 'Nes i apwyntiad heddi i weld fflat. Mae'n ddrud iawn a does gen i ddim digon i dalu'r deposit, heb sôn am y rhent ar dâl mamolaeth, ond mae mynd i weld beth sydd mas 'na'n ddechrau. Dwi'n edrych ar waliau gwag, llwyd y tŷ 'ma, a'r lloriau pren ffug, rhad. Mae'n *depressing* a ddim yn gartrefol o gwbl.

Dwi'n edrych mlân at gael cartref cynnes, clyd a hapus i'r babi a fi gael byw a thyfu gyda'n gilydd.

Dwi'n rhoi'r llythyr mewn amlen ac yn gyrru draw at dŷ Gwyn a Sara Mai.

Pennod 20

ALYS

Dwi a Daf 'di bod yn mynd i weld cwnselydd gyda'n gilydd. Do'n i ddim isie gwneud i ddechrau. O'n i'n teimlo fel bod cael help o'r fath ar gyfer cyplau sydd wedi bod 'da'i gilydd ers blynydde maith a gyda phroblemau llawer gwaeth na'n rhai ni. Ond mae'n helpu. Do'n i ddim wedi sylweddoli faint o bethe sydd i weithio drwyddyn nhw, pethe ni 'di bod yn claddu'n ddwfn dros y blynydde. Dwi'n bendant yn teimlo fel ein bod ni'n dod yn agosach yn araf bach fel adeiladu pont gyda *cocktail sticks*.

Mae hi wedi gosod gwaith cartref i ni'r wythnos hon sef i fynd ar ddêt. Mae hi wedi dweud wrthon ni i beidio sôn am ein probleme nac unrhyw beth rhy ddwys – i safio hwnna ar gyfer ei swyddfa hi – a jest bod gyda'n gilydd.

Mae Cadi'n y feithrinfa felly ry'n ni wedi penderfynu mynd i'r sinema, sy'n *ideal* mewn ffordd. Dwi ddim yn barod i eistedd gyferbyn ag e am gyfnod hir. Dwi ddim yn siŵr os bydde digon 'da fi i'w ddweud. Mae gormod yn hongian yn yr awyr a dwi ddim yn teimlo'n barod i fod mor agored.

Mae'r sgrin yn fflachio'n las a gwyn gyda rhyw olygfa eira. Ond dwi'n methu canolbwyntio. Dwi'n ymwybodol o fraich Daf yn gorwedd mor agos at fy un i ar ymyl y sedd. A nawr dwi'n teimlo ei law, yn ysgafn ar fy nghoes. Dim llawer, jest digon i ddeffro rhywbeth ynof fi. Fel arfer, bydden i'n symud. Gwthio'n ysgafn, newid safle, gwneud jôc. Ond tro 'ma dwi ddim yn symud. Dwi'n gadael iddo aros yno. A mwy na hynny, dwi'n mwynhau'r teimlad. Y cynhesrwydd drwy fy legins tenau a lled ei fysedd. Dwi'n symud fy llaw, yn araf, a'i gosod ar ei goes e. Does dim angen geiriau.

Mae e'n symud ei law ychydig yn uwch. A dwi'n teimlo fy nghorff i gyd yn tynhau o ryw fath o ryddhad. Dyma oedd angen.

Pan mae'r ffilm yn dod i ben, ni'n cerdded allan heb ddweud dim. Ond mae'r ffordd mae ei fysedd yn glynu wrth fy nwylo yn ddigon i ddweud popeth.

Ni'n mynd adre.

Dwi ddim yn cofio'r teithio adre. Na'r drws yn cau, na'r esgidiau'n dod bant.

Mae fy nghefn yn erbyn y wal. Mae ei gorff yn agos ac mae ei law yn dal i symud dros fy nghroen yn yr un ffordd oedd e'n neud cyn i mi golli pwy oeddwn i. Mae fy ngheg ar ei wddf ac mae e'n ymateb fel petai ei gorff wedi bod yn aros am y foment yma ers oes. Dy'n ni ddim yn siarad, mae'n dillad yn cael eu datod gyda chwant gwyllt ac angen tawel. Mae fy nillad yn cwympo fel cragen oddi ar fy nghorff, dwi heb ei deimlo'n iawn ers misoedd. Mae'n neud i mi deimlo'n fregus... ac yn fyw. Pan mae e'n fy nghyffwrdd dwi'n agor fy nghoesau heb ofn... dwi'n barod.

Pan mae e'n mynd i mewn i fi, mae fy mreichiau'n ei amgylchynu heb geisio dal dim yn ôl. Mae popeth mor dawel. Jest anadl, symudiad, a'r hyn sy'n teimlo fel dychwelyd. Jest fe a fi. A munudau o heddwch a phleser pur.

Pennod 21

ELINA

Dwi 'di gwahodd Saffi, Alys a Cadi fach draw am banad pnawn 'ma. O'dd y tŷ'n teimlo'n wag ar ôl i Tom fynd adra.

'Dan ni'n ista yn y stafell fyw ac ma Cadi'n chwara efo'i thegana bach ar lawr. Dydi Alys ddim i'w gweld cweit mor *uptight* efo hi heddiw. Dydi hi ddim yn gwylio hi fatha barcud, dim ond rhyw gadw llygad arni er mwyn sicrhau ei bod hi'n iawn. Ma Cadi'n reit brysur ar adega, yn trio tynnu ei hun i fyny ar ddodrefn a rhoi petha'n ei cheg, ond dydi Alys ddim i'w gweld yn mynd mor stresd am y peth, a dwi'n meddwl ei bod yn derbyn rŵan fod hyn yn rhan naturiol o ddatblygiad plentyn. Dwi'n gobeithio fod Alys bellach yn dallt mai nid plentyn da 'di plentyn llonydd – mae prysurdeb yn dangos chwilfrydedd, ac ma hynny'n beth positif.

Ma Saffi'n edrych yn dda hefyd, yn amlwg, mae ei bol yn edrych yr un mor fflat ag erioed, ond mae ganddi ryw ola amdani, y *pregnancy glow* fel ma nhw'n ddeud. Ma hitha hefyd 'di aeddfedu, dydi hi ddim mor ffrantic a dramatig ag oedd hi. Mae'n canmol y tŷ eto am y canfed tro ac ma'n neud i mi deimlo'n dda.

'Sut ma'r *flat hunting* yn mynd?' dwi'n gofyn i Saffi, sy'n iste wrth fy ymyl ar y soffa.

‘O, mae e’n itha *depressing* a bod yn onest, dwi methu fforddio unrhyw beth ar y foment, ma pob man sy’n hanner call ac mewn lleoliad da jest mor ddrud a dwi’n gweithio bob awr o’r dydd i drio safio, ond mae’n amhosib…’ mae’n deud yn ddigalon. Dwi’n teimlo drosti.

‘Bechod, mi neith petha weithio allan, ’sti,’ dwi’n deud gan bwyso mlaen a rhoi fy llaw ar ei phen-glin.

‘Ti’n rili lwcus bod ’da ti’r lle ’ma i ti a Mabon,’ mae’n deud gan edrych o gwmpas eto.

‘Dwi’n gwbod, ond eto, ma’n teimlo braidd yn unig ar adega, efo’r stafelloedd gwag, ma’n…’

‘Cadi! Cadi!’ ma Alys yn gweiddi ar ochr arall y stafell gan wneud i mi droi i edrych be sy’n mynd mlaen. Ma Alys yn ista ar y gadair siglo, efo’i dwylo yn agored a’r ŵen fwya llydan dwi ’di gweld erioed ar ei hwyneb. ‘Da iawn ti, Cadi!’ mae’n deud gyda gymaint o lawenydd yn ei llais, a rŵan dwi’n sylweddoli be sy’n digwydd, ma Cadi’n cymryd ei chamau cynta. Ma’r tair ohonon ni’n *woopio* ac yn deud, ‘Da iawn, Cadi!’

‘Bydd wir angen llygaid ym mhobman rŵan!’ dwi’n deud.

‘Ti’n dweud ’tha i? Bydd hi’n beryg bywyd nawr!’ medda Alys, sy’n dal i wenu.

Ma hyn i gyd yn f’atgoffa i fod ’na rwbath dwi ’di bod yn meddwl amdano yn ddiweddar. Dwi rili isio cwmni, rhywun i ddathlu’r cerrig milltir mawr ma efo nhw ac ychydig o help ymarferol o bryd i’w gilydd. Ma’n anodd hyd yn oed mynd i’r toiled pan does dim oedolyn arall yma a phan fydd Mabon yn cropian ac yn cerdded fydd hi’n anoddach fyth.

‘Saffi, os ti isio, mae ’na le i chdi a’r babi yma… ella bod o ddim be o’t ti’n bwriadu… ond…’

‘*Oh my gosh*, Elina! Ti’n serious? Waw, ma hwnna’n gynnig lyfli, a fyddet ti’n ocê gyda ’ny? Ma’n…’

Dwi'n torri ar ei thraws achos mae'n amlwg yn stryglo dod o hyd i eiria addas. 'Anghonfensiynol? Blêr? Cymhleth? Ydi mae o. Ond ma 'mywyd 'di bod yn anghonfensiynol, blêr a chymhleth ers i Gwyn neud be nath o. Ac os dwi 'di dysgu unrhyw beth am fywyd, weithia y petha mwya blêr sy'n dod â'r mwya o gariad a hapusrwydd.' Dwi'n teimlo braidd yn emosiynol yn deud hyn, achos mae o'n wir, mae Gwyn yn hen hanes i mi rŵan oherwydd ma'r cariad dwi'n deimlo at Mabon gymaint cryfach na'r casineb ro'n i'n ei deimlo tuag ato fo.

'Paid rhoi ateb rŵan, meddwl amdano fo, ond bysen ni'n gallu helpu ein gilydd. Fedra i gadw llygad ar dy fabi di er mwyn i ti gael cawod, fysen ni'n medru gofalu am blant ein gilydd fel bod y llall yn medru mynd allan neu hyd yn oed jest mynd i'r toiled neu biciad i'r siop i nôl llefrith.' Ma hi i'w gweld yn sylweddoli am y tro cynta yr heria sy'n dod efo bod yn rhiant sengl. Dydi ddim yn gneud cyswllt llygad, ma'n anodd darllen be sy'n mynd trwy ei meddwl.

'Ond beth am Tom? Pan ma e'n dod lawr? Fydda i'n y ffordd?' mae'n gofyn.

'Na fyddi, wrth gwrs fyddi di ddim, Saff,' dwi'n deud wrthi. 'Dio'm yn gorfod bod am byth chwaith, jest nes bo ti'n ffeindio rwla addas, neu'n cael digon. Bydd y rhent yn rhatach na be ti'n talu rŵan, ma'n siŵr.'

'Diolch El, dwi rili yn mynd i feddwl amdano fe,' ma'n deud, o'n i'n disgwyl mwy o *excitement* ganddi, rhaid cyfadda. 'Dwi jest ddim isie bo ti'n cynnig achos bo ti'n teimlo trueni drosta i, neu bo ti'n meddwl bo fi methu neud hyn ar ben fy hun?' ma'n deud.

'Gaddo i ti, nid dyna'r rheswm o gwbl. Ti? Methu gneud hyn ar ben dy hun? Ti di'r bitsh fwya tyff dwi'n nabod, fedri di ddechra tân ar lawr gwlyb, Saffi Akintola.' Ac ma pawb yn chwerthin, sy'n torri'r difrifoldeb.

Dwi'n gadael y cynnig yna yn yr aer fel mwg i Saffi gael meddwl drosto fo ac yn troi fy ffocws at Alys sy'n brysur yn trio annog Cadi i gerdded eto fel ei bod yn medru cael llun neu fideo.

'Sut wyt ti, Alys? Pryd wyt ti'n meddwl mynd 'nôl i'r gwaith?' dwi'n gofyn.

'Dim am mor hir ag y galla i,' ma'n deud gan roi'r ffôn lawr. 'Dwi ddim yn barod, bydden i ddim yn gwneud cyfiawnder gyda'r plant, dyw fy mhen i dal ddim yn y lle gore, er dwi'n gwella'n araf bach.' Dwi'n cytuno efo hi, cyn pob peth arall 'dan ni'n fodau dynol ac yn famau, dydi'r gwaith ddim yn bwysig.

'Dwi ddim yn meddwl alla i fynd 'nôl i'r ysgol 'na, ddo. Dyw hi ddim yn gyfeillgar o gwbl, ond dwi'n ofni bydd cael swydd arall yn anodd.' A dwi'n teimlo drosti hi hefyd, 'swn i'n hoffi medru cynnig ateb iddi fel 'nes i efo Saffi.

'Paid â meddwl am hynny rŵan, canolbwyntia ar wella'n llwyr yn gynta, ac ar dy todler bach di,' dwi'n deud wrthi, a dwi'n difaru holi am y gwaith yn y lle cynta.

Dwi'n penderfynu newid y pwnc.

'Genod, be dach chi'n neud bythefnos i heddiw?' dwi'n gofyn. 'Dwi'n bedwar deg, a dwi'n gwbod bod o braidd yn funud ola ond ma Tom 'di penderfynu cynnal parti yn fama. Ty'd â Daf a Cadi, Alys.'

Ma'r ddwy yn gneud synau hapus a chyffrous, ac ma nhw'n nodi'r dyddiad.

'Methu aros!' ma Saffi'n deud efo mwy o wmff na ma 'di'i gael drwy'r pnawn.

'Y thema ydi *festival vibes*, felly rhowch y gliter ymlaen, secwins, *feather boas*, be bynnag sy gynnoch chi...' dwi'n deud ac yna dwi'n sylwi ar wyneb Alys. 'Neu jest dewch fel chi eich hun.'

Dwi'm yn siŵr sut fydd y parti'n troi allan a dwi'n poeni ychydig fydd neb yn dod... ond os oes 'na gliter a miwsig da, fydd o'n ddigon da i fi.

Pennod 22

ALYS

Mae Daf, Cadi a finne yn cerdded draw i dŷ Elina ar gyfer y 'parti mawr'. Mae Cadi'n y bygi, er bod ei cherdded yn dod mlân yn dda, dwi ddim isie hi flino gormod. 'Nes i benderfynu rhoi bach o ymdrech gyda fy ngwisg, a dwi'n falch i mi neud. 'Nes i ffeindio coron flodau mewn bocs yn yr atig, alla i ddim cofio pam fod e 'da fi, a phrynais i *kimono* blodeuog mewn siop elusen. Dwi'n ei wisgo dros fy jegins glas arferol a chrys T plaen fel bo fi'n gallu ei dynnu i ffwrdd os dwi'n teimlo'n anghyfforddus. Mae Daf yn gwisgo un o'i grysau gwyn gwaith gyda wasgod liwgar ac ychydig o *eyeliner* o gwmpas ei lygaid. Do'n i ddim yn meddwl bo fi'n ffansïo dynion mewn *eyeliner*, ond mae'n debyg bo fi! Mae'r fflam rywiol newydd 'ma sydd wedi cael ei chynnau rhyngon ni'n ddiweddar yn tyfu'n fwy bob dydd. Mae'n edrych fel môr-leidr sy'n mynd i ddod a 'nghipio i oddi ar fy nhraed!

Dwi hyd yn oed wedi rhoi clipiau blodeuog yng ngwallt Cadi a pheintio sêr ar ei hwyneb. Mae hi wrth ei bodd ac mae hi'n edrych yn ciwt. Dwi 'di dod â photel o broseco i Elina a *voucher* am sesiwn o *reflexology* – mae'n hoffi pethe fel'na. Dwi ddim yn bwriadu yfed alcohol o gwbl, felly dwi 'di dod â photel o Nosecco i fi. Mae'n mynd i fod yn anodd, yn enwedig gan bo sefyllfaoedd cymdeithasol fel y rhain yn neud i fi deimlo'n lletchwith, a bydde ychydig o win yn fy ymlacio i ddigon i allu siarad gyda phobl.

Mae Elina'n ein croesawu ni gyda chymaint o gynhesrwydd.

'Helô! Dewch mewn!' mae'n dweud wrth i ni gyrraedd. 'Ma'r tri ohonoch chi'n edrych yn wych!' mae'n dweud yn hwyliog, ond dim mor wych â hi. Mae'n gwisgo ffrog secwins fer gyda bŵts Dr. Martens, mae ei gwallt yn donnog ac mae ganddi gliter a gleiniau mân ar ei hwyneb. Dyw hi ddim yn edrych yn 40, ond mae pawb yn edrych yn iau na'u hoed dyddie 'ma.

Mae Daf yn gafael yn Cadi ac mae Elina yn ein harwain ni drwy'r tŷ i'r gegin, sy'n llawn dop o *nibbles* a diodydd mewn bwcedi o iâ. Mae drysau'r patio yn agor i'r ardd sydd wedi ei haddurno'n drawiadol iawn. Mae 'na *gazebo* lan ar y gwair ac mae meicroffon, amp a gitâr oddi dano fe – mae'n amlwg bydd band yn chwarae nes mlân! Mae 'na oleuadau a byntin yn zigzagio dros y patio, does dim llawer o bobl wedi cyrraedd eto ond mae rhai o ffrindie Elina yma'n barod. Mae 'Crazy in Love' gan Beyoncé'n blastio, bydd Saffi'n hapus. Mae 'na ddau ddyn yn y gornel, mae'n amlwg mai Tom a Matt 'yn nhw. Mae Tom yn gwisgo Mabon yn sling adnabyddus Elina.

Dwi'n gallu gweld rhywun sy'n eitha tebyg i Elina o ran golwg, ond yn hŷn ac yn llai... *sparkly*. Rhaid mai ei chwaer yw hi. Mae hi yma gyda dyn sy'n amlwg ddim isie bod yma, a dwy ferch sy'n edrych fel eu bod yn dod tuag at ddiwedd yr ysgol gynradd. Dwi'n gwenu arni wrth ei phasio ac mae hi'n gwenu 'nôl yn gwrtais. Dyw hi ddim fel Elina.

Arwel! Dwi mor falch o'i weld e, o leia dwi'n nabod rhywun, a dylai Saffi fod 'ma mewn ychydig bach. Mae e'n sefyll ar y patio yn pwyso yn erbyn wal y tŷ, gyda chwrw mewn un llaw a'i ffôn yn y llall. Mae e ar ei ben ei hun yn syllu ar ei ffôn. Mae'n edrych yn wych, mae 'na gliter yn ei farf ac mae'n gwisgo crys llewys byr, *dicky bow* a bresys. Dwi heb weld yr ochr yma ohono fe o'r blaen, dim ond Arwel yr Athro dwi'n nabod.

'Alys! Shwt wyt ti, bach?' mae'n dweud gan blygu lawr i roi cwtsh i mi. 'Shw' mae?' mae'n dweud wrth Daf gan roi siglad gadarn i'w law.

Mae'r tri ohonon ni, a Cadi, yn sefyll yn mân siarad am ychydig. Mae Daf yn mynd â Cadi i'r gegin i arllwys diodydd i ni. Dwi'n cymryd y cyfle i ofyn am yr ysgol.

'Sut mae gwaith, 'te? Ydi pawb yn iawn?' dwi'n gofyn yn betrusgar – bydde'n rhyfedd peidio, ond ma 'na ran fawr ohona i ddim isie gwybod.

'Ie, t'mod, *same old*. Ma'r cymhorthydd newydd 'na'n *liability* ddo, yn dyw e!'

'Ha! Ti'n dweud 'tha i! Mae *liability* yn un gair amdano fe, alla i feddwl am sawl gair arall!' dwi'n dweud gan rolio fy llygaid, mae e'n chwerthin ac mae'n teimlo fel ein bod ni 'nôl ar yr un tîm.

Cyn i fi allu gofyn mwy, mae Elina'n ymddangos. Mae'r *fizz* yn amlwg yn mynd i'w phen. Mae'n fywiog, bron yn *hyper* ac wir yn hapus. 'Dach chi'n enjoio, *guys*?' mae'n gofyn. Alla i weld wyneb Arwel yn goleuo wrth edrych arni. Dwi wir isie nhw ddod at ei gilydd, maen nhw'n siwtio'i gilydd gymaint.

'A, tiwn! 'Nes i weld Blur yn Hyde Park yn 2010,' mae Arwel yn dweud.

'*Oh my gosh*, o'n i yna!' dwedodd Elina yn gyffro i gyd. 'Ac o'dd y tywydd mor braf, doedd?' Maen nhw'n ymgolli nawr mewn sgwrs am gigs a cherddoriaeth, a phethe dwi ddim yn gwybod lot amdanyn nhw a dwi'n dechrau teimlo fel gwsberen.

Mae'r sgwrs yn llifo'n rhy hawdd rhyngddyn nhw nawr a dwi ddim yn meddwl bo nhw'n cofio bo fi yna gyda nhw. Dwi ddim yn siŵr beth i'w neud, bydde jest cerdded i ffwrdd yn teimlo'n rŵd.

Mae Daf yn galw fi i fynd draw ato fe, diolch byth. Mae e wedi bod gyda Cadi am y tri chwarter awr dwetha.

'Ti'n ocê?' dwi'n gofyn, gan gymryd Cadi oddi wrtho. Dwi'n poeni bo fi wedi ei adael e ar ei ben ei hun am rhy hir.

Mae'r parti'n prysuro nawr. Ble ma Saffi?

Mae Elina'n bownsio lan ata i eto.

'Alys! Ty'd i gyfarfod â Siân, mae hi'n athrawes hefyd. Hi 'di un o'n hoff bobl i'n y byd,' mae'n dweud yn llawn cyffro. 'Mam fedydd Gwyn 'di hi, ond dydi ddim yn cytuno efo be nath o, ac mae hi 'di aros mewn cysylltiad efo fi. Hi ydi "Mam y De" fi.' Mae'n arwain fi drwy'r gegin sydd yn llawn o bobl erbyn hyn ac i'r stafell fyw lle mae 'na fenyw sydd tua'r un oed â Mam. Mae ganddi wallt byr wedi'i liwio'n goch tywyll, lipstic yr un lliw, ac mae'n gwisgo dillad blodeuog, llachar ac amryliw. Mae'r dillad yn ei gweddu mor dda, dwi ddim yn siŵr os taw dyma ei steil arferol, neu os yw hi 'di gwisgo lan ar gyfer thema'r parti.

'Siân, dyma Alys, fy ffrind newydd i,' mae Elina'n dweud yn browd, a dwi'n teimlo mor *chuffed*.

'Alys Rees?' mae'n dweud, gan edrych fel ei bod wedi gweld ysbryd. Does neb wedi fy ngalw i wrth fy enw morwynol ers blynydde. Mae Elina'n cerdded i ffwrdd a'n gadael ni i sgwrsio.

'Merch Siriol Rees?' mae'n dweud. A dwi nawr yn teimlo fel petai'r llawr odanaf fi wedi symud ychydig. Mae'n cymryd eiliad i fi allu siarad.

'Ie,' dwi'n llwyddo i'w ddweud o'r diwedd, gyda fy llais yn sych, 'ond mae hi wedi marw ers tua blwyddyn nawr.' Mae ei hwyneb serchog yn newid ac mae hi'n edrych arna i gyda rhyw fath o dosturi a thristwch.

'Do, mae'n ddrwg iawn 'da fi, dwi'n gwbod... Rwyt ti'n edrych yn union fel hi, gyda'r gwallt cyrliog coch 'na. Mae'n siŵr bo ti ddim yn fy nghofio i, o'n i'n yr ysgol gyda Siriol.' Mae 'da fi rhyw frith gof o Mam yn sôn am Siân, a nawr bo hi'n dweud, dwi'n meddwl fy mod i'n cofio ei gweld yn yr angladd, ond o'dd y lle'n llawn dop ac mae'r holl ddiwrnod yn niwlog. Ond mae'r cysylltiad yma'n neud i fi deimlo cynhesrwydd ac agosatrwydd ati'n syth.

'Do'n i ddim yn gweld Siriol yn aml iawn, ond bob tro o'n i'n cael cyfle i ddal lan ychydig o'dd hi'n sôn amdanat ti. O'dd hi mor browd ohonat ti, ti'n gwybod?' mae'n dweud ac mae lwmpyn bach yn dod i fy ngwddf i a dwi'n trio'n galed iawn i beidio â llefen.

'Beth wyt ti'n gwneud nawr? Wyt ti'n dal yn yr ysgol 'na? Dwi'n cofio dy fam yn sôn dy fod ti'n Ysgol Eglwys Taf.' Dwi'n cymryd anadl ddofn iawn a'i rhyddhau'n araf, ac yn dweud wrthi yr holl hanes... gan hepgor y darn am drio snogio Owain a'r swigio gwin yn y car. Yn lle dweud bod 'da fi broblemau iechyd meddwl 'nes i ddweud 'mod i'n dal i alaru am Mam – sydd yn wir. Mae'n gwrando mor ofalus gan edrych arna i gyda chymaint o ddealltwriaeth ac empathi. Dwi wir yn hoffi Siân.

'Alys, gwranda, dwi newydd gael fy mhenodi'n bennaeth ar ysgol Gymraeg newydd yng Nghaerdydd. O'n i ddim eisiau'r rôl o gwbl a bod yn hollol onest 'da ti, ond o'n nhw'n desbret am rywun profiadol i wneud y gwaith. Dwi fod i ymddeol mewn cwpwl o flynyddoedd! Ta waeth, bydd swydd dirprwy bennaeth yn dod lan cyn bo hir ar gyfer mis Medi, a dwi'n awgrymu'n gryf dy fod ti'n cynnig amdani. Mae'r ysgol angen rhywun ifanc ond profiadol, sydd ag egni ffres i wrthgyferbynnu gyda fi, sy'n hen ddeinosor,' mae'n dweud, a dwi ddim yn gwybod os dwi fod i chwerthin neu beidio. 'A dwi wedi clywed dy fod ti'n athrawes wych!' Mae hyn yn neud i fi deimlo'n anghyfforddus ar ôl y digwyddiadau diweddar, dwi'n cymryd llwnc mawr o fy sudd. 'Wir, wnei di feddwl am ymgeisio? Mae'n ysgol fach iawn ar hyn o bryd, ond bydd yn tyfu bob blwyddyn. Bydd yn neud lles i ti gael dechrau newydd a dwi'n meddwl byddet ti'n wych, bydde hi'n neis iawn i weithio gyda ti hefyd...' Mi fydde hi mor dda i mi gael dechrau newydd. Dwi ddim yn gwybod beth i'w ddweud. Dwi mewn sioc. Rai wythnose'n ôl o'n i'n cwestiynu os bydde unrhyw un yn fodlon hyd yn oed ystyried rhoi swydd i mi byth eto. A nawr mae Siân yn cynnig 'mod i'n trio am swydd dirprwy.

'Gwnaf, diolch yn fawr!' dwi'n dweud gyda gŵen enfawr ar fy wyneb. Ni'n parhau i sgwrsio am sbel, ac yn cyfnewid rhifau ffôn.

Mae 'na sŵn yn dod o'r ardd. Sŵn hapus fel petai pawb yn cymeradwyo ac yn hwtian. Mae Siân a fi'n mynd 'nôl drwy'r gegin i'r ardd i weld be sy'n digwydd. Mae pawb yn rhyw fath o sefyll mewn cylch.

Mae Saffi yma! Rhaid ei bod hi wedi cyrraedd pan o'n i'n sgwrsio gyda Siân. Mae hi a Tom yn dawnsio gyda'i gilydd i'r gân 'No Diggity'. Dim ond ers rhyw ddeg munud maen nhw wedi nabod ei gilydd ond maen nhw'n dawnsio fel petaen nhw wedi bod yn ymarfer ers wythnosau! Maen nhw'n gwbl mewn sync. Maen nhw'n lipsyncio'r geiriau, yn shiglo eu penolau ac yn neud y shimmy tuag at ei gilydd. Mae'n hollol hilêriws! A dwi'n gwybod fod Saffi heb gael dropyn o alcohol! Mae pawb yn eu hannog nhw ac yn cael eu diddanu gan y rŵtin.

Dwi'n cymryd Cadi oddi wrth Daf ac yn dawnsio gyda'r dorf gyda hi'n gorffwys ar fy nghlun. Dyw hi ddim yn gwybod beth sy'n mynd mlân ond mae hi i'w gweld yn joio gweld Anti Saffi yn dawnsio'n wirion. Mae Daf wrth ei fodd hefyd. Mae'n sefyll wrth ymyl un o'r bois o'r band, dwi heb ei weld e mor hapus â hyn ers oesoedd.

Dwi methu credu bo fi yma, yn sefyll fan hyn wrth ochr Siân sydd fel rhyw fath o angel warcheidiol, yn nhŷ fy ffrind newydd i, Elina, yn sgwrsio gyda phobl ddieithr heb ddiferyn o win yn fy ngwaed.

Rai wythnosau yn ôl do'n i braidd yn gallu gadael y tŷ, roedd Cadi'n stresio fi mas gymaint, o'dd popeth i'w weld mor anodd. Roedd Daf fel cwmwl du yn y tŷ ac roedd galar yn pwyso mor drwm arna i do'n i braidd yn gallu anadlu... ond dwi'n anadlu nawr. Dwi'n dawnsio, dwi'n chwerthin, a dwi'n dal fy merch fach yn erbyn fy nghalon. Falle nad yw popeth yn iawn eto, fydd e falle byth yn iawn heb y tabledi, ond am y tro cyntaf ers sbel hir, dwi'n teimlo'n ysgafnach a heb gwlwm tyn yn fy stumog. A dwi'n dechrau teimlo'n optimistaidd am y dyfodol.

ELINA

Dwi'n teimlo mor ffodus o fod wedi cael y parti mwya ffantastig. Chwara teg i Tom, nath o gymaint o ymdrech. Ma'r rhan fwya o bobl 'di gadael rŵan, ond ma Saffi, Tom, Arwel ac ambell i ffrind arall yma'n helpu fi i dacluso. Ma Matt 'di mynd i'r gwely, mae o dal yn fregus, bechod ac ma fy chwaer i a'i theulu 'di mynd i aros mewn Airbnb oherwydd do'n nhw ddim isio bod dan draed. Er bo fi'n caru nhw i gyd 'de, rhaid cyfadda mi fysan nhw wedi bod ychydig dan draed, dim ond matar o amsar fysa hi fel arfar cyn i Lowri a fi ffraeo am 'wbath.

Dwi'n teimlo mor gyfforddus efo'r bobl sydd yma rŵan. Ma 'na deimlad fod pawb ar yr un *wavelength*. Dwi mor ddiolchgar fod Arwel wedi aros i helpu, er bod Tom heb fod yn gyfeillgar iawn tuag ato fo. Mae o i'w weld yn meddalu ddo, mae'n anodd peidio hoffi Arwel, fedra i ddim dychmygu fod ganddo fo unrhyw elynion, dim hyd yn oed ei gyn wraig o.

Dwi'n rili trio anwybyddu'r *butterflies* yn fy stumog wrth edrych arno fo. Dio jest ddim yr amsar iawn i fi fynd mewn i berthynas, dim i'r un ohonon ni, ond mae'n rili neis dod i nabod o. Ella, un diwrnod, ond dim rŵan. Bob tro dwi'n pasio fo, dwi'n teimlo rhyw dyndra, fel petawn i'n cerdded mewn i faes egni cryf.

Mae'r lle yn daclus rŵan, ac mae'n reit hwyr.

'Iawn, 'te. Well i fi fynd sha thre,' ma Arwel yn cyhoeddi. 'Diolch, bawb, am barti lyfli. Neis i gwrdd â ti Tom,' mae'n deud gan estyn ei law. Dydi Tom ddim yn ymateb yn syth, a dwi'n poeni am eiliad fod o'n mynd i wrthod siglo ei law. Ond ma'n gneud.

'Neis i gwrdd â ti 'fyd Arwel,' ma'n deud. Diolch i'r nef am hynny. Dwi'n hebrwng Arwel at y drws. Dwi rili ddim isio iddo fo adael.

'Wel, pen-blwydd hapus i ti, Elina, diolch am y gwahoddiad,' ma'n deud gan blygu lawr i roi hyg i mi. Dwi'n dal o'n dynn. Mae'r hyg yn para am lot hirach na rhai arferol. Lot, lot hirach. Dwi'n pwyso fy nghorff yn erbyn ei un o. 'Dan ni'n tynnu i ffwrdd oddi wrth ein gilydd ond yn dal i sbio fewn i lygaid ein gilydd. *Oh my God*, ma'n ormod, dwi methu helpu... 'Dan ni'n swsio, snogio fatha'n bod ni'n ddeunaw oed. Dwi'n ymwybodol fedrith unrhyw un gerddad allan a'n gweld ni, ond does gen i ddim ots. Dwi isio mynd â fo fyny grisia, ond fedra i ddim, dim efo Mabon a Tom a Matt yma. A dwi'n cofio realiti'r sefyllfa a thynnu'n ôl.

'Nos da, 'ta,' dwi'n deud a dwi'n ymwybodol 'mod i'n swnio'n fwy *abrupt* nag o'n i'n bwriadu.

'Nos da,' ma'n ateb yn dawel. Yna mae o'n gadael yn edrych yn andros o conffiwsd ac ma 'nghalon i'n brifo.

Pennod 23

SAFFI

Dwi'n dal yn y gwely yn fy mhyjamas, er ei bod hi bron yn ddeg, ond dwi 'di blino heddi – am barti gwych! Ac o'n i'n hollol sobor! Nath Tom neud gymaint o ymdrech gydag addurno'r ardd, y gerddoriaeth a'r band, o'n nhw mor dda ac o'dd hi'n lysh gweld Alys, Daf a Cadi mor hapus. 'Nes i glicio gyda Tom yn syth, fel tasen ni wedi nabod ein gilydd mewn bywyd arall. Mae Matt yn ddyn lysh hefyd. Dwi'n troi ar fy ochr i fynd 'nôl i gysgu, bydd dim cyfle i wneud hyn mewn chwe mis pan fydd y babi 'ma. Dwi'n haeddu'r nap yma ac mae fy *housemates* i ffwrdd, diolch byth.

Pwy sy'n curo'r drws nawr? Wna i anwybyddu fe, all e ddim bod yn bwysig, pwy sy'n galw draw i dŷ rhywun dyddie 'ma, heb roi gwybod iddyn nhw'n gynta? Maen nhw'n curo eto, tro 'ma'n fwy penderfynol. Well i fi godi.

Dwi'n agor y drws a gweld Sara Mai yn sefyll yna. Mae ei bwmp yn edrych yn anferthol ar ei ffrâm *petite*, rhaid ei bod hi'n dod tuag at ddiwedd y beichiogrwydd nawr.

'Diolch byth,' mae'n dweud ychydig mas o wynt, 'dwi newydd ddod ar y bws yr holl ffordd yma – ma Gwyn wedi mynd â'r car i'r gwaith. Dwi'n falch bo ti adre.' Dwi ddim yn gwybod sut i gymryd hyn, na pham yn y byd bod hi yma.

'Pam nest ti ddim jest ffonio?' dwi'n gofyn, dwi'n teimlo'n ymwybodol iawn fy mod i yn fy mhyjamas.

'God na, dwi'n Gen Z, dy'n ni ddim yn ffonio pobl, mae'n *embarrassing,* falle eu bo nhw'n brysur neu rywbeth,' mae'n dweud, a dwi'n rhythu arni, achos does dim o be mae hi newydd ddweud yn gwneud synnwyr.

'Sut ti'n gwbod ble dwi'n byw?' dwi'n gofyn.

'O'dd e ar y llythyr ffurfiol iawn 'na nest ti anfon.' Wrth gwrs. 'Ti'm mynd i wahodd fi mewn? Ma isie i fi siarad 'da ti.' Dwi'n eitha petrusgar, dwi 'di gwylio digon o raglenni dogfen True Crime i wybod galle fod ganddi gyllell wedi cuddio lan ei llawes, ond does dim lot o ddewis 'da fi. Dwi'n ei gwahodd hi mewn a'i harwain hi drwy'r tŷ i'r stafell fyw. Mae hi'n eistedd ar y soffa. Dwi'n cynnig diod iddi, ond mae hi'n gwrthod.

'Dwi jest 'ma i weud diolch am dy lythyr di,' mae'n dweud.

'Ti 'di dod yr holl ffordd yma i ddweud 'na?' dwi'n gofyn, a dwi'n poeni bo fi'n swnio braidd yn rŵd.

'Na, dwi jest yma i weud bod Gwyn a fi wedi bod yn trafod y sefyllfa... lot, ac ma 'di bod yn anodd ac yn boenus a stwff, ond ni wedi penderfynu aros 'da'n gilydd...' mae hi'n dweud, a dwi'n falch iawn o glywed hynny. 'A dwi'n gwbod bod y sefyllfa ddim yn *ideal* o gwbl, ond ma Gwyn yn addo bod *absolutely* dim teimladau 'da fe atat ti, dyw e ddim yn ffansïo ti o gwbl.' Dwi ddim isie bod 'da fe deimladau tuag ata i, ond mae clywed e mor blwmp a phlaen â hynny yn brifo bach.

'Grêt, newyddion da iawn,' dwi'n llwyddo i'w ddweud.

'Ie, so dwi jest isie i ni'n fod yn iawn 'da'n gilydd. *I mean...* byddwn ni byth yn ffrindie na dim...' Dyw hi ddim yn gwastraffu geiriau heddi, *say what you think, love*. 'Dwi isie i ni fod yn sifil, achos mae ein babis ni yn mynd i fod yn hanner *siblings*, ac mae hi ond yn deg eu bod nhw'n nabod ei gilydd.' Gwir.

'Mae Gwyn yn dweud bod e'n mynd i gefnogi ti, ond gyda fi bydd ei *priority* e, gei di siarad 'da fe am y manylion, ond dwi jest isie i ti wybod, mae e *on board* a dwi wedi derbyn hynny nawr.' Waw, mae ganddi ffordd rili anffodus o gyfleu ei hun. Ond dwi'n falch bo hi a Gwyn yn iawn.

'Diolch i ti, dwi'n siŵr bod e ddim wedi bod yn hawdd i ti, y peth dwetha o'n i isie o'dd bod...' dwi'n sylwi ei bod yn edrych fel petai yn trio cuddio'r ffaith ei bod hi mewn poen. 'Ti'n ocê?' dwi'n gofyn.

'Ydw... ydw dwi'n iawn,' mae'n dweud gan rwbio gwaelod ei bwmp.

'Ti ddim yn edrych yn iawn, ti mewn poen?' dwi'n gofyn.

'Ydw, tam' bach, dwi'n cael *twinges* bob hyn a hyn, naethon nhw ddechrau bore 'ma, ond ma nhw'n mynd yn fwy poenus nawr.'

'*Oh my God*, Sara, ydi'r babi'n dod?' Dwi'n dychmygu gorfod ei helpu hi i roi genedigaeth ar lawr fy stafell fyw, gyda gwaed a mès ym mhobman. Bydde fe'n addas iawn o ystyried y sefyllfa flêr 'ma ry'n ni ynddi i'r dim.

'Na, na dwi ddim, mae dal pedair wythnos i fynd.... awtsh...' mae'n dweud gan sugno ei dannedd.

'Reit, ma angen i ni ffonio Gwyn.' Dwi'n trio ffonio ond does dim ateb. Mae'r poenau'n dod yn fwy a mwy rheolaidd. Mae Sara'n trio hefyd, ond does dal dim ateb.

'Ffyc, ble mae e?' mae fy llais i'n codi a dwi'n dechrau panicio nawr.

'Mae e'n gweithio heddi, mae e'n neud *voice overs*, ond 'nes i ddweud wrtho fe i beidio troi ei ffôn e bant...'

'Shit. Ocê, wna i fynd â ti i'r ysbyty,' dwi'n dweud yn swrth. Dyma *literally*'r peth dwetha o'n i'n meddwl bydden i'n neud heddi. Dwi'n mynd i wisgo a dwi'n gallu clywed Sara Mai yn anadlu trwy'r boen. A dwi'n cymryd anadl ddofn hefyd.

Ni'n cyrraedd yr ysbyty ac mae Sara'n cael ei hanfon i'w monitro i un o'r stafelloedd. Dwi'n rili gobeithio neith Gwyn gael y neges mewn pryd. Mae'r nyrs yn dod mas o'r stafell.

'It looks like your friend is in active labour. The sooner her partner gets here, the better,' mae'n dweud.

'I want my friend, please get my friend Saffi!' dwi'n clywed hi'n gweiddi ar ryw fydwraig ddiniwed, druan.

Dwi'n mynd mewn i'r stafell. Mae monitors yn sownd iddi ac mae hi'n gorwedd ar y gwely.

'Saffi, does dim byd 'da fi. O'dd 'da fi *birth plan* cyflawn, a bag yn barod gydag *outfit* bach i'r babi a dy'n nhw ddim hyd yn oed wedi ffilmio fy *baby shower* i eto,' mae'n dweud mewn dagrau.

'Paid â phoeni am hynny nawr. Y peth pwysig yw fod y babi'n cyrraedd yn ddiogel a bo ti'n ocê hefyd,' dwi'n dweud gan afael yn ei llaw. Mae'n sgrechen eto. Dwi'n ei hannog hi i anadlu drwy'r boen.

Mae'r fydwraig yn dod ac yn neud asesiad.

'You're almost fully dialated, this baby cannot wait to get out to meet you,' mae'n dweud gyda gŵen ar ei hwyneb, ond dyw Sara Mai ddim yn gwenu.

'Saz? Dwi mor sori, ti'n iawn?' Mae Gwyn yma. Haleliwia. Mae e'n plygu lawr ati ac yn rhoi sws ar ei phen. 'Diolch, Saffi,' mae'n dweud wrtha i'n dyner.

Mae Gwyn yn mwytho pen Sara, ac mae'r cariad rhwng y ddau'n amlwg. Dwi'n cerdded mas a'u gadael nhw.

Pwy fydd fy mhartner geni i? Pwy fydda i'n ffonio pan dwi angen rhywun i ddreifo fi i'r ysbyty? Alla i wneud hyn ar fy mhen fy hun, dwi'n gwybod hynny... ond dwi ddim yn siŵr os dwi isie.

Dwi wedi penderfynu mynd i'r archfarchnad agosaf i brynu gwisg i'r babi. Dwi'n codi *babygrow* bach gyda phrint heulwen yn gwenu drosto a het felen i fatsho, dwi'n cofio hi'n meddwl prynu rhywbeth tebyg iawn pan 'nes i ei gweld hi yn John Lewis. Dwi'n prynu pyjamas mamolaeth, Fanta Lemon a bag mawr o Maltesers i Sara hefyd.

Erbyn i fi gyrraedd 'nôl i'r stafell enedigaeth, mae Sara a Gwyn yn gorwedd gyda'i gilydd ar y gwely, a drws nesa iddyn nhw, mewn *incubator*, mae'r babi newydd sbon gyda phibellau yn ei drwyn ac wedi'u glynu i'w gorff bach.

'Haia, Saffi,' mae Gwyn yn sibrwd ac mae Sara yn codi ei llaw yn llipa. 'Dyma Gwydion,' mae'n dweud gan gyfeirio at y babi perffaith yn gorwedd mor heddychlon y drws nesaf iddyn nhw.

'Gwydion? Fel y dewin o'r *Mabinogi*?' dwi'n dweud.

'Ie, achos mae'n *magic*,' mae Sara Mai yn dweud gyda'r wên brydferthaf a mwyaf naturiol dwi erioed wedi gweld ar ei hwyneb.

Dwi ddim isie iddyn nhw weld, ond mae dagrau'n dod i fy llygaid. Maen nhw'n diolch i fi am y dillad, a dwi'n dweud wrthyn nhw fy mod i'n gadael i roi llonydd iddyn nhw.

Dwi'n mynd 'nôl at y car, a chyn gyrru adre dwi'n meddwl am yr ateb. Ydw, dwi am symud mewn 'da Elina. Falle bod e'n anghonfensiynol, ond does dim byd mwy naturiol na mwy greddfol na menywod yn helpu ei gilydd trwy feichiogrwydd a chefnogi ei gilydd wrth ddod â bywyd newydd i'r byd.

ALYS

Nath Daf a fi benderfynu gwneud rhywbeth neis gyda'n gilydd heddi er mwyn cofio am Mam flwyddyn ers iddi ein gadael. Mynd am fwyd oedd y cynllun gwreiddiol ond, a bod yn onest, alla i ddim trystio fy hunan o gwmpas gwin o hyd.

Dwi wedi llwyddo i beidio yfed ers y ddamwain. Dyw e heb fod yn hawdd o gwbl. Does dim alcohol o gwbl yn cael ei gadw'n y tŷ, sy'n helpu. Weithie pan dwi'n cerdded heibio'r siop gornel mae'r demtasiwn i fynd mewn i brynu potel yn ormod, yn enwedig ar ôl diwrnod anodd neu pan dwi'n teimlo'n isel. Ond dwi'n atgoffa fy hun yn rheolaidd o'r hyn sydd 'da fi i'w golli, ac mae hynny'n rhoi nerth i fi.

Felly, mae Daf wedi dod â fi i Benarth heddi i wasgaru llwch Mam yn lle hynny, wel, yr hyn sydd ar ôl ohono ar ôl y ffiasgo gyda Cadi cwpwl o fisoedd yn ôl. Ei syniad e oedd dod yma. Mae Cadi'n y feithrinfa felly ry'n ni'n mynd i wneud diwrnod ohoni, cawn ni 'sgod a sglods i ginio a mynd am dro hir drwy'r parciau.

Penarth oedd un o hoff lefydd Mam, a dyma oedd ei hoff draeth. O'n i'n ei weld e fel lle llwyd a llawn cerrig, y môr yn cuddio dan haen o niwl trwm, a'r bobl yn cerdded heibio'n gyflym, gyda'u cŵn a'u plant a'u sgwrsio uchel. Ond mae'n braf 'ma heddi a dwi'n dechrau gweld pam o'dd hi mor hoff o'r lle. Roedd hi'n gweld golau ym mhob man – yn y ffordd roedd yr haul yn dawnsio ar y dŵr, iddi hi roedd y cerrig yn disgleirio fel darnau bach o arian. Roedd hi'n dweud bod y môr yn siarad gyda hi fan hyn, yn feddal, fel hen ffrind. Roedd ganddi ddawn i weld hud ym mhawb a phopeth.

Wrth i Daf a fi gerdded ar hyd y traeth i ffeindio lle addas i daflu'r llwch, dwi methu peidio meddwl beth fydde Mam yn dweud petai hi yma nawr. A fydde hi'n siomedig bo fi wedi methu cyflawni fy swydd ac yn gorfod cael amser bant? Beth fydde hi'n meddwl o'r yfed? A dwi'n crinjo gyda chywilydd wrth feddwl beth fydde hi'n dweud am y ffaith 'mod i wedi trio cusanu Owain.

Heb ddweud gair, mae Daf a fi wedi stopio yn yr un lle, y lle sy'n teimlo fwyaf addas i'r ddau ohonom.

'Ti'n barod?' mae'n gofyn.

'Ydw, dwi'n barod i'w gadael hi i fynd i ddawnsio gyda'r gwynt a'r tonnau am byth,' dwi'n dweud wrth wagio'r bocs i'r môr. Dwi'n emosiynol iawn ond mewn ffordd iach.

'Ffansi dip?' mae Daf yn gofyn mas o nunlle.

'Beth, nawr? Sdim stwff nofio 'da fi.'

'Oes ma 'na, dwi 'di pacio nhw, maen nhw yng nghefn y car, ac ma fy siorts nofio i yn y bag hefyd. Gwna i ddod mewn gyda ti – dwi wastad wedi isie trio fe.'

'Pam lai!' dwi'n dweud heb ystyried yn iawn sut dwi'n teimlo am y sefyllfa.

Ni'n mynd i'r car i nôl y bag a newid yn gyflym o dan ein tywelion wrth ymyl y môr. Ni'n cerdded yn ara, ac yn dawel, law yn llaw i mewn i'r môr llwyd, llonydd. Mae'r dŵr yn estyn ei hun tuag aton ni, fel petai'n ein croesawu. Mae pob cam i mewn i'r môr fel petai'n golchi rhywbeth oddi arna i – yr holl bryder, y galar a'r ofn. Dwi'n teimlo'r oerfel yn codi ar hyd fy nghoesau, fel trydan. Mae Daf wrth fy ochr, ei anadl yn ddwfn, Does dim sŵn heblaw am y dŵr yn lapio'n erbyn ein croen, ac mae rhyw obaith bach newydd yn codi ynof fi fel ton gyntaf y dydd.

Mae ein hysgwyddau o dan y dŵr nawr.

'Alys,' mae Daf yn dweud gan dorri ar fy meddyliau. Mae'n swnio'n nerfus. 'Dwi 'di gwneud ymholiade gyda'r band 'na o'dd yn chwarae ym mharti Elina... a, wel, maen nhw'n chwilio am aelod newydd i lanw mewn pan dyw'r gitarydd arall ddim yn gallu bod 'na, mae e newydd ddod yn dad hefyd... felly bydd e fel rhyw fath o *job share* mewn ffordd... sy'n siwto fi achos bydd dim rhaid i fi fynd i bob gìg.'

'Swnio'n grêt,' dwi'n ateb. Mae'n braf ei weld e'n cyffroi am rywbeth.

'Ti'n siŵr?' mae'n gofyn yn edrych fel plentyn sydd newydd dderbyn papur ugain punt gan ei fam-gu. Ac yn sydyn, dwi'n teimlo'n euog ei fod e'n poeni gymaint am ddweud wrtha i.

'Wrth gwrs!' Mae'n edrych yn hapusach na mae e wedi gwneud ers amser mor hir.

Ar ôl mynd adre, dwi'n agor e-bost dwi 'di bod yn ei anwybyddu ers diwrnodau.

Owain: Helô, Alys. Sut wyt ti'n cadw erbyn hyn? Byddai'n dda i ni gael sgwrs am dy ddychweliad i'r ysgol. Wyt ti'n gallu dod mewn i'r ysgol rhywbryd wythnos hon? Cofion, Owain.

Dwi ddim wedi gallu hyd yn oed meddwl am ymateb tan nawr. Mae 'da fi'r hawl i wrthod, dwi ddim yn credu fod ganddo fe'r hawl i ofyn am gyfarfod. Ond dwi wedi rhoi ystyriaeth ofalus i'r sefyllfa erbyn hyn, a dwi'n gwybod yn iawn beth dwi am wneud.

Alys: Iawn, wna i ddod mewn fory, os yw hynny'n gyfleus?

Pennod 24

SAFFI

Dwi newydd roi mis o notis i'r landlord a dweud wrth fy *housemates* 'mod i'n gadael. 'Nes i ddweud wrth Elina 'mod i isie symud mewn gyda hi nes bo fi'n llwyddo i ennill mwy o arian a chael lle fy hun, sydd o bosib yn mynd i gymryd cwpwl o flynyddoedd.

Mae'r trefniant yna'n ei siwtio hi ta beth. Mae pethe'n poethi rhyngddi hi ac Arwel. Maen nhw'n dweud eu bod nhw'n cymryd pethe'n 'slow' ond dy'n nhw ddim i'w gweld yn gallu cadw eu dwylo oddi ar ei gilydd! A bydd Tom yno'n fwy aml nawr fod Matt yn well. Ond dwi'n edrych mlân at ddod i nabod e'n well hefyd.

Bydd hi mor neis byw 'da Elina tra bo fi'n feichiog a phan fydd y babi'n dod. Mae'r holl beth yn teimlo'n real iawn nawr fy mod i wedi dechrau dweud wrth bobl, gan gynnwys fy ngwaith. Do'dd y bòs perfetaidd ddim yn hapus, wrth gwrs, nath e ddim cyfrinach o'r ffaith fod talu mamolaeth a chael rhywun i 'nghyfro i tra bo fi off yn mynd i fod yn boen yn y pen-ôl.

Ta beth, ar ôl brêc hir a llesol o'r cyfryngau cymdeithasol, dwi'n barod i ddechrau tudalen newydd, ffres sy'n cynrychioli'r bennod yma yn fy mywyd. Mae'n mynd i fod yn real, ac yn dangos yr uchafbwyntiau a'r heriau o fod yn rhiant. Dwi'n mynd i fod yn gwbl *authentic*, a dyna fydd fy brand, fy USP. Dwi'n mynd i ddangos i fenywod eu cryfder a'u gallu, a bod dim rhaid iddynt fod yn berffaith.

Es i am sgan 12 wythnos ddoe. Dwi'n mynd i bostio llun ohono, a llun o 'mol er mwyn ei ddangos yn tyfu dros y misoedd nesaf.

Dwi'n barod amdani. New Insta, new me.

ALYS

Dwi'n gyrru'r ffordd gyfarwydd i'r gwaith ac dwi'n teimlo fy stumog yn troi. Dwi'n cofio sut o'n i mor nerfus yn gyrru mewn i'r ysgol bob dydd. Hyd yn oed pan oeddwn i'n mwynhau ac yn medru ymdopi gyda'r swydd, yn y dyddie cynnar, ro'n i wastad yn nerfus ar y ffordd i mewn. Dyna'r peth 'da dysgu. Mae 'na gymaint o anghysondebau mewn diwrnod, gymaint o bethe all fynd o'i le, mae'n gallu gyrru rhywun sy'n poeni lot yn naturiol fel fi, yn wyllt.

Dyma lle ces i'r ddamwain. Dwi 'di bod yn osgoi'r rhan yma o'r ffordd ers y diwrnod hwnnw. Dwi wir yn dechrau teimlo'n sâl nawr, gan gofio popeth ddigwyddodd y diwrnod 'ny. Dwi ddim yn meddwl bydden i'n gallu mynd mewn o gwbl oni bai am y tabledi yma.

Dwi'n cyrraedd y maes parcio. 'Nes i drefnu dod amser cinio fel bo fi'n llai tebygol o weld y staff neu'r plant.

Dwi'n parcio, ac yn cerdded mewn. Mae Margaret yn y dderbynfa yn fy nghyfarch i gyda lot fawr o gynhesrwydd, un dda yw Margaret. Mae Owain yn dod i fy nghyfarch i.

‘Helô, Alys,’ mae’n dweud gyda gwên. Y llygaid ’na. Gallech chi faddau unrhyw beth iddo oherwydd y ffordd mae’r llygaid ’na’n gwenu.

‘Helô,’ dwi’n dweud braidd yn dawel a sigledig. Dwi’n ei ddilyn i’r swyddfa. Mae’n gofyn i fi sut ydw i ac yn siarad yn gwrtais ac yn broffesiynol iawn.

‘Felly, o ran staffio mis Medi, os byddi di’n well, dwi’n mynd i dy roi di gyda Blwyddyn 4. Maen nhw’n ddosbarth bach, pawb yn ymddwyn yn dda, felly dylai fod dim problemau mawr yna,’ mae’n dweud yn nawddoglyd. Mae e newydd wneud y penderfyniad yma yn un hawdd iawn.

‘A dweud y gwir, Owain, bydda i ddim yma ym mis Medi.’ Dwi’n trio darllen ei wyneb. Ydi e’n drist, yn siomedig, wedi cael syndod, neu’n teimlo rhyddhad? Dwi ddim yn gwybod. Dwi wedi bod yn meddwl lot am gynnig Siân, ac er mor hyfryd a chalonogol oedd yr awgrym, dwi ddim isie bod yn ddirprwy. A dweud y gwir, dwi ddim isie bod yn athrawes o gwbl.

‘Dyma fy notis i. Dwi wedi penderfynu gwneud cwrs ym mis Medi i hyfforddi i fod yn gwnselydd,’ dwi’n esbonio. Bydda i’n cymryd gweddill tymor yr haf i ffwrdd yn sâl. Dwi wedi penderfynu defnyddio peth o’r arian o ystâd Mam i dalu am y cwrs sy’n dechrau ym mis Medi. Dwi isie bod yn gwnselydd er mwyn gallu helpu pobl a phlant sy’n galaru. Dwi’n teimlo yn fy enaid mai dyma be dwi fod i’w neud, a dwi erioed wedi teimlo mor siŵr o unrhywbeth o’r blaen.

‘Diolch i chi am y blynyddoedd dwetha,’ dwi’n dweud. Dwi’n galw fe’n ‘chi’ er mwyn bod yn ffurfiol iawn. Dyw e ddim yn gwybod beth i’w ddweud.

‘Iawn, wel, ’te, dyna ’ny, pob lwc i ti,’ mae’n llwyddo i’w ddweud wedyn. Dyw e ddim yn trio perswadio fi i aros, dyw e ddim yn dweud y bydda i’n golled, a dwi’n teimlo yn fwy nag erioed mai dim ond rhif ydw i, a bydd rhywun arall yn cael eu penodi a newn nhw ddim meddwl ddwywaith amdana i yma.

Dwi'n mynd i'r stafell ddosbarth i nôl y bag a'r got 'nes i adael ar fore'r ddamwain. Does neb yn y dosbarth. Dwi'n edrych o gwmpas ar yr arddangosfeydd wnes i eu creu, y llyfrau wnes i eu marcio a dwi'n cofio'r cariad a'r ymrwymiad wnes i eu rhoi i'r swydd bob dydd am ddeng mlynedd. Mae'r lle 'ma wedi bod yn fwy na swydd, mae wedi bod yn rhan ohona i.

Dwi'n edrych mas ar y plant yn chwarae ar yr iard, ac yn gweld cwpwl o fy nghyn ddisgyblion hoffus i, sydd wedi tyfu gymaint ers i fi eu dysgu flynyddoedd yn ôl. Roedd 'na rannau mor arbennig i'r swydd, fel gweld plant yn tyfu a datblygu o flaen fy llygaid. Bydda i wastad yn cofio'r camau cyntaf mewn darllen ac ysgrifennu, yr *eureka moments* pan fydde plentyn yn deall rhywbeth am y tro cyntaf, y sgyrsiau dwys, difyr, doniol a'r rhai hollol *bizarre*. A'r balchder.

Dwi'n cerdded mas o'r adeilad, gyda dagrau yn fy llygaid. Dwi'n gwybod mai dyma'r peth cywir i'w neud, ond mae'n brifo mewn ffordd dwi ddim wedi'i ddisgwyl. Fel petawn i'n gorfod ffarwelio â fersiwn ohona i fy hun oedd wedi byw yn llawn fan hyn.

Ond mae'n amser i mi symud mlân a helpu pobl i ddatblygu mewn ffyrdd gwahanol.

Dwi'n gadael yr adeilad ac yn gyrru'r daith 'nôl o Ysgol Eglwys Taf am y tro olaf.

ELINA

Dwi a Mabon ar ein ffordd i gaffi Pennod Panad i gyfarfod â Saffi, Alys a Cadi. Dwi heb eu gweld ers y parti ac ma gynnon ni *loads* i ddal fyny efo fo. Dwi'm yn gorfod edrych drwy'r ffenest cyn mynd mewn rŵan, sgen i ddim ots os dwi'n gweld Gwyn, Sara Mai nac unrhyw un arall. Petawn i'n taro mewn iddyn nhw, byswn i'n gwenu'n gwrtais, ac yn parhau gyda fy niwrnod.

Dwi'n mynd mewn drwy'r drws. Ma Alys a Cadi yma'n barod. Ma Alys yn torri bwyd i Cadi sy'n iste'n ddel yn ei chadair uchel. Ma hi'n edrych fatha hogan fach go iawn rŵan ei bod hi'n flwydd oed, ddim fatha babi mwyach. Dwi'n mynd i brynu coffi i fi fy hun, ac yn mynd i fyny at Alys a rhoi hyg iddi. Ma hi'n edrych mor hapus a naturiol, fatha'i bod hi wedi tyfu i mewn iddi hi ei hun. Dwi mor browd ohoni am adael ei swydd – ma hi'n blodeuo.

'Yaas, queens!'

Ma Saffi'n hedfan i mewn fatha heulwen braf, ac mae ei bol yn dechra dangos bwmp bach o dan ei thop tyn gwyn. Ma hi'n nôl coffi ac yna'n dod i iste. Dwi methu aros i roi'r anrheg bach 'ma iddi. Mae o'n focs bach wedi ei lapio mewn papur lliwgar.

'Dyma chdi,' dwi'n deud gan ei wthio fo ati ar draws y bwrdd.

'Beth yw hwn?' mae hi'n gofyn yn amheus. 'Ti'n proposo i fi?'

'Paid! Agor o!' Mae'n rhwygo'r papur oddi ar y bocs bach fel plentyn ar fore Dolig. 'Ti'n siŵr bo ti ddim yn proposio?' mae'n deud eto efo gwên fach slei.

Yna mae'n agor y bocs.

Mae Saffi'n deud, 'Allwedd!'

Dwinna'n deud 'Goriad!' ar yr un eiliad yn union, fatha dwy actores mewn sioe gerdd.

'Methu aros nes byw 'da ti! Cewn ni laff! Alys, dere draw pryd bynnag ti isie,' medda Saffi.

Dwi'n cofio'n sydyn am rwbath dwi 'di 'brynu i Alys hefyd. Dwi'n pasio bag bach du wedi'i glymu iddi.

'Dyma chdi, Alys, rwbath bach i ddeud diolch am fod yn gefn i mi dros y misoedd diwetha.' Mae ei hwyneb yn goleuo. Mae'n diolch i mi, yn deud do'dd dim rhaid i mi, ac yn ei agor o'n ofalus.

'Waw! Breichled leopard print! Dwi'n dwli arni!' Ma hi'n ei rhoi ar ei braich ac yn ei hedmygu am eiliad. 'Dwi'n cŵl nawr, fel chi.'

'Ti wastad wedi bod yn cŵl,' ma Saffi'n deud. 'Yn dy ffordd fach dy hun,' mae'n ychwanegu'n chwareus. A 'dan ni i gyd yn chwerthin.

'Dwi mor falch 'mod i 'di cyfarfod chi, 'de. 'Dan ni 'di bod trwy lot, do?' dwi'n deud yn dawel. 'Dewch – be am i ni gael llun? Does gynnon ni'r un llun o'r tair ohonon ni efo'n gilydd,' dwi'n cynnig.

Dwi'n codi ac yn gofyn i ryw ddynas dynnu fo. A 'dan ni'n cwtsho i fyny ac yn tynnu llun o'n grŵp bach newydd ni. Dwi'n diolch i'r ddynas ac ma hi'n cerdded i ffwrdd. Dio ddim yn berffaith, ma 'na ddyn yn cerdded tu ôl i ni'n y cefndir sy'n neud i fi edrych fatha bod genna i fraich yn tyfu allan o 'nghlust; 'di Saffi ddim yn hoffi ei gwallt ac ma Alys yn meddwl fod ganddi dybl *chin*... ond dwi wrth fy modd efo fo.